JN059889

異世界の貧乏農家に転生したので、レンガを作って城を建てることにしました

I was reincarnated as a poor farmer in a different world, so I decided to make bricks to build a castle.

カンチェラーラ
Illustration Riv

TOブックス

AREA MAP

開拓前

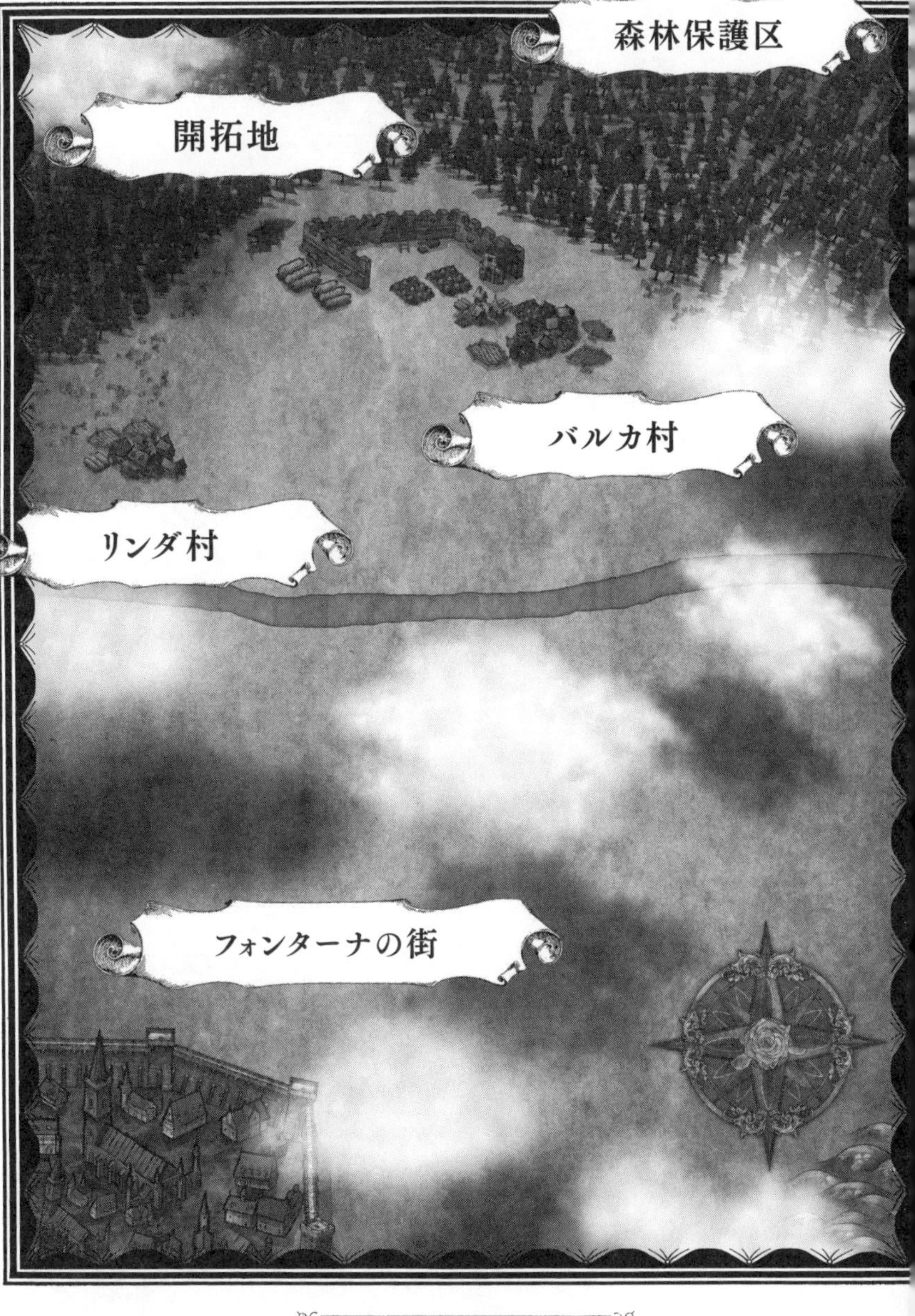
森林保護区
開拓地
バルカ村
リンダ村
フォンターナの街

開拓後

C O N T E N T S

イラスト　R・i v
デザイン　西山愛香（草野剛デザイン事務所）

プロローグ

夢を見ているのだろうか。

なんだか懐かしい記憶が蘇ってくる。

俺が子どものときだろうか。

自分のことだと思うのだが、不思議なことに他人目線でその姿を見ているような奇妙な感覚。

そんな不思議な感覚で俺はかつての自分を振り返っていた。


何にでも興味を持つ子ども。

たぶん小さかったときの俺はそんな感じだったと思う。

といっても、それはある意味子どもなら誰でもそうなのかもしれないけど、俺はいろんなものに興味を持ったらしい。

その中でも子どものときには積み木で遊んでいることが多かったようだ。

もうちょっと大きくなって外に出ることが増えたときには砂場が俺の遊び場だった。

何度も積み木を積み上げて試行錯誤しながら遊んでいた。

乗り物や建物を作ろうとすることが多かったようだが、やはり子どもだったからか他人からするとよくわからないへんてこなものもたくさんあった。

砂場で遊ぶようになったころにもやっぱり建物なんかを作ることが多かった。

砂に水をかけながらパンパンと叩いて固めていく。

そういえばそのときに作った力作が写真に残っていたように思う。

まだまだちびっこい俺が土と砂で泥だらけになりながら作っていたのはお城だった。

もしかしたら直前に何かで見たのかもしれない。

西洋風の塔が四隅に配置されて周りを壁で囲まれたお城を作り、見事なドヤ顔をしているところが写真にバッチリと撮られていた。

今考えても子どもが作るにしては上出来な見事な造形だったと思う。

もしかしたら大きく成長したあとのほうが城づくりの実力は子どもの俺に負けているかもしれない。


そんな俺だがもう少し大きくなるとあまり砂場では遊ばなくなってしまった。

それはなぜか。

原因はゲームだと思う。

俺はゲームに嵌《はま》ってしまったのだ。

ゲームと言ってもいろんな種類があると思うが、その中で俺がのめり込んだのはいわゆるものづくりのゲームだった。

よくやったのは、裸一貫で人っ子一人いないような場所に放り出されたプレーヤーが周囲のものを使ってものづくりをして生活していくようなやつだった。

身近にあるものは何でも材料にして、それをもとに新しい道具や別のものを作る素材を作り上げて次々といろんなものを作っていく。

結局砂場遊びをしなくなった代わりに同じようなことを仮想空間でやるようになったということなのかもしれない。

いろんなものを手にとって次は何を作れるかと考えるのが好きだったのだろう。

作り上げたものでモンスターや他のプレイヤーと戦うようなものもあったが、どちらかと言うと黙々と新しい、見たことのないものを作り上げるのが好きなタイプだった。

そして最後にはお城を作る。

自分で作り上げたお城を見て満足感を得る。

それが何よりも楽しみだったのだ。

さらに成長して学生になったくらいにはゲーム以外にもアニメなんかも好きだった。

部活が終わって帰ったら配信されているアニメを見た。

人気があるものはたいてい見る雑食タイプだったが最近は異世界が舞台の話なんかも多い。

何故か中世ヨーロッパが舞台になることが多いが、お城や城塞都市なんかには無性に興味をひかれる。

いいなー、行ってみたいなーと思うことも多かった。

まあ、そんなことは無理だとはわかっている。

だからいまだによくやるゲームで好きな作品に出てきた建物なんかを再現していたりしたのだ。

だけどなんでこんなことを思い出しているんだろうか？

自分が見ているのが現実ではなく夢のようなあやふやで実態のないものだという確信めいたものがある。

となるとこれは夢か。

子どものころを思い出すのも悪くはないが、もっと楽しい夢でもよかったのにと思ってしまう。

が、そろそろ起きないといけない。

夢から醒めようと意識を集中する。

どっぷりと水に浸かっているような浮遊感から押し上げられるような感覚。

だんだんと明るい場所へと向かうようにして自分が目覚める。

そして、次の瞬間には水面から飛び出して体ごと地面へと落ちたような気がした。

……ここはどこだろうか。

ぼんやりと開いた目には全く知らない天井が見える。

そして、俺の耳には耳障りなほど大きな音が聞こえていた。

これは子どもの泣き声だろうか？

俺の知り合いには子どもなんていなかったから、あまり泣き声を聞くような機会はないはずなんだが……。

もしかして、まだ夢の続きでも見ているのだろうか？

いや、そうではないはずだ。

俺は今まさに目を開けたはずなんだからここは現実のはずなんだ。

だというのに、いったいどうしたんだろうか。

目を覚ましたのだから、次にすることと言ったら体を起こして動き始めることだろう。

当然、目覚めた俺は腕に力を入れて体を起こそうとした。

だが、そんな俺の意志とは裏腹に一向に起き上がることができない。

それにどうにも頭の中にモヤがかかっているような、思考がクリアにならない感じがしてしょうがないのだ。

もしかして、俺は事故にでもあったのだろうか？

全く覚えていないが、事故った衝撃で怪我をして動けないとか？

それならこのにぶった頭も事故の後遺症なのかもしれない。

だとすると、ここはどこだろうか？

もしも、俺の考え通り、事故にでもあったのであれば、当然ここは病院であるはずだろう。

しかし、とてもそうは見えない。

なんといっても、さっきから見えている天井や壁がひどく汚いのだ。

汚れているというのとは違う。

壁紙に汚れがあったり、年数経過で古ぼけて色あせているのでもない。

見た感じ、壁そのものが土でできているのだ。

しかも、ところどころ表面が削れているのか、壁面がでこぼこしてさえいる。

「あらあら。お腹が空いたのかしら？」

と、そこへ俺の耳にそれまでなかった音が入ってきた。

慌ててその音のした方向へと振り向く。

パタパタと走り寄ってくる人影。

近くにまで来て、その人の顔が見えた。

女性だ。

それも、二十歳代の若くきれいな女の人だ。

不覚にも一瞬ドキリとしてしまう。

だが、そんな俺の煩悩をその女性はまたたく間に吹き飛ばしてくれた。

「照明」

それは俺の目の前でとった女性の行動が全くの予想外だったからだ。

右手の人差指を上に立てるようにして女性が言葉を発した瞬間、その指先から光の玉が飛び出し、宙に浮いたのだからだ。

ここ、病院ちゃうやんけ！

異世界や!!

無意識に、普段使わない関西弁でツッコミを入れてしまうが、まあ気にしてはいけないだろう。

ここに至って俺はようやく自分の置かれた状況を理解したのだから。

ここは俺の知る日本でも、地球上でもないのだ。

少なくとも魔法の存在する世界。

しかも、さっきからずっと聞こえていた赤ん坊の泣き声はどうやら俺自身のものだった。

つまりは、異世界転生と言うやつだろう。

ありえないと思っていたことがまさかの現実になった。

こうして俺の新たな人生の幕が開けたのだった。

うまく動かすことのできないプニプニの俺の体をさっと持ち上げてしまう若い女性。

そして、その人はなんの気兼ねもなく服をめくりあげて胸をさらけ出した。

思わず仰天してしまう俺だが、自分の思考とは別に肉体が勝手に動き出してしまう。

ちゅー。

そんな擬音が似合うような行動。

つまり、俺は自分の意志とは別に迷わず胸へと口をつけ、力いっぱい吸い付いたのだ。

俺の全力の吸い付きに反応するかのように、女性の肉体からは甘い魅惑の液体が溢れ出し、俺の喉を通過していく。

ゴクゴクと喉を鳴らしながら満足するまで、生命の源となるミルクを飲み続ける。

そして、お腹が一杯になったころになって、ようやく俺は理解した。

この人こそ、俺のママであるのだと。

こんな綺麗で若い人が母親とは……。

異世界転生、最高かよ！

第一章　初魔法

さてさて、そんなこんなで赤子として新たな人生を歩みだした俺だが、やはり気になることがある。

それはなんといっても、「魔法」の存在だろう。

見たところ、俺がいる部屋には照明器具らしきものはない。

これは普段から魔法で光を出しているからかもしれない。

ということはだ。

この世界では魔法を使用するのは一般的なことである可能性がある。

つまりは、俺も魔法が使えるかもしれないということだ。

そう考えただけでも胸が熱くなってくるというものだろう。

自由自在に魔法を使いこなす自分をイメージするだけでも、心が躍る。

早速やってみようではないか。

「あうー」

小さな小さな手のひらを上に突き出すようにし、「照明」と唱えようとした。

が、現実は非情である。

全く発音することができなかったのだ。

何度も何度も魔法を使ってみようと試みるが、結局失敗に終わった。

可愛らしい声を出す俺に気づいた母親が様子を見に来て、あやしてくれた時点で俺の魔法チャレンジは終了した。

無念である。

◇◇◇

なんというか、暇《ひま》だな。

魔法らしきものが存在することがわかったのはいいが使うことができなかった。

いずれできるようになるのか、練習が必要なのか？

全く情報がないのだ。

ならば自分で情報を得るしかない。

と言っても今は身動きすることすら困難だ。

なので俺は周囲を観察してみることにした。

まずは自分が今いる寝床だ。

なんだかよくわからないがベッドや布団とは違うようだ。

布の上で寝転がっているのだが、その布の下は草のようなものが積み上げられているのだ。

壁は土でできていて、寝床は草の上に布を広げて横になる。

今どきそんな生活をしてるところがあるのか？

いや、違うか。

魔法がある時点で俺の知るどの国の歴史や文明とも違うのは明らかだ。

だが、間違いないのはこの家に住む人が大金持ちではないということだろう。


美人で若い母親だが、その夫らしき男性もこれまた若かった。

美男美女で夫婦とはうらやまけしからん。

が、よく考えたらこの両親から生まれた俺にも同じ美形因子が組み込まれている可能性はある。

そのことを考えると両親を妬むのはいささかお門違いというものだろうか。

どうやら、美人の母親とそう年齢が変わらないくらいの父親がこの家の主らしい。

らしいというのは、それ以上年配の人はいなかったから。

代わりに俺以外の子どももいる。

どうやら俺には兄が二人いるようだ。

一番上の兄は割としっかり者のようで、母親に代わって俺の面倒を見てくれるときもある。

といっても、俺がむずかって泣き出したときに母親を呼びに行ったりするくらいだが。

なんといっても上の兄もまだ六歳にもならないくらいで幼いのだ。

生まれたての赤子の面倒を見れるというのだから、十分しっかりしている方だろう。

だが、その兄の下にいる二歳くらいの兄貴はやんちゃ坊主のようだった。

なんと生まれたばかりの幼い俺にちょっかいをかけてくるのだ。

体をポカリと叩くくらいならばまだかわいいものだろう。

シーツ代わりの布を引っ張って俺をコロコロと転がすのが楽しいらしい。

チビのくせに布を結構な力で引っ張るのだ。

当然、俺も抗議の声を上げる。

「あう、あうー」

だが、残念かな。

俺の抗議の声は兄貴には届かなかった。

むしろ、俺が反応したことを喜んでいるとでも勘違いしたのか、何度も布を引っ張られることになってしまった。

どうしてこうなった。

というか、誰か助けてくれよ。

赤ん坊にここまでの狼藉《ろうぜき》を働くこの兄貴に正義の鉄槌《てっつい》を。

しかし、残念なことに殆どの場合助けはこなかった。

覚えていろよ。

いずれ大きくなったこの恨みを晴らしてやるぞ、兄貴め。

俺のために働かせてこき使ってやるんだ。

心の中でそう誓いをたてながら、俺は再び抗議の声を上げたのだった。

その後、ミルクを飲んでは寝てを繰り返した。

あれから何度か魔法には挑戦してみたのだが、一向に発動する気配はない。

というか、わずかな手がかりすらつかめていない状態である。

そこで、一度アプローチを変えてみることにした。

幸いなことに家族が目の前で魔法を使うところを見る機会は何度もあるのだ。

発音もそうだが、まずはどうやって魔法を使っているのかを知ることが第一だろう。

そう考えた俺は、魔法を発動する瞬間をじっくりと観察することにしたのだった。

それから何日が過ぎたのだろうか。

いまだに魔法を成功させることはできていないが一つの気づきを得ることには成功した。

どうやら、魔法を使うには何らかの「力」が必要そうだということである。

わかりやすく、その力は魔力と呼ぶのがいいだろうか。

母はまるで電球のスイッチを押すかのごとく、気軽に照明となる光を出す魔法を使用しているが、
ただ口ずさむだけでできるわけでもなさそうだったのだ。

毎回、必ず指を立ててから数瞬間をおいてから「照明」と唱えている。

その姿は、自身の肉体の中から何らかの「力」をひねり出しているように見えた。

確証はないが、おそらくは魔力を取り出しているのではないだろうか。

となると、魔法の使用には段階を踏まないといけないのかもしれない。

まずは、俺の中に眠る魔力を探し出す。

どうせまだまだ呪文を唱えるための発声器官は出来上がっていないのだ。

魔力を探し出して、徹底的に鍛えてやるのが面白いのではないだろうか。

こうして俺は、日々の生活を魔力トレーニングへと当てることにしたのだった。

◇◇◇

「おなか、すいたな」

俺がこの世界で新たな生活を始めて数年が経過した。

年齢は三歳になった。

この年齢になるまで生き残れたのは奇跡かもしれない。

そんなふうに感じてしまう。

前世でも子どもの時期というのは体力もなければ免疫力もないので、ちょっとしたことで命を失うリスクというものは存在する。

だが、それでも医療技術が発達し、食料が豊富にある世の中であれば子どもはすくすくと成長するだろう。

しかし、この世界ではどうやらそうではないらしい。

赤子が成長するまでには非常に大きな困難が待ち構えていたのだ。

ぶっちゃけて言えば、貧乏である、というのが最大の問題だった。

なんと俺の家はものすごく貧乏な農家だったのだ。

作物を育てる土地は持っているようだが、大した量は収穫できない。

にもかかわらず、収穫された作物のほとんどは税として取り立てられてしまうのだという。

家にあった食べ物を見る限り、基本的には麦を育てており、その麦が税の対象となる。

他にも家族が食べるための野菜などもあるにはあるが、腹をふくらませるほどには全く足りていない。

当然、そんな状態では両親も満足に食べていくのは難しい。

一番の働き手であり、力のある父親が最初に食事し、次に長男が食事をする。

そして、残ったものを母親と次男が食べているのだ。

必然的に母親の食べる量は少ない。

となると、母から出る母乳の量も当然少なくなってしまう。

赤ん坊の俺にとってこれは死活問題だった。

全く腹が膨れないどころか、常に空腹状態に陥っているのだ。

いくら吸い付いても出てこない母乳を求めて母に泣きながらもっとほしいと主張する俺。

まさか別の世界に生まれ変わってきてこんな経験をすることになるとは思いもしなかった。

泣き続ける俺に向かって、「困ったなぁ」という顔をする母親。

その顔を見ていると申し訳なく思うが、だからといって泣き止むことなどできなかった。

なぜなら今の俺は赤ん坊だからだ。

自分で動くこともできずにただひたすらひな鳥のように口を開けて待つことしかできない。

しゃべることすらできないので、泣いて腹が減ったと主張することしかできないのだ。

そんな俺の世話を焼く母親を見て、母を取られると思ったのか次男が俺に突っかかってくる。

こうして我が家は絶えず子どもの泣き声が響き渡ることとなったのだった。


まあ、そんなこんなで腹を空かせている時間が長かったが、逆に言うとそれ以外の時間はなにもすることがなかった。

家の中の観察なんてすぐに終わって、あとは代わり映えしないものしか視界に入らなかったからだ。

そんなふうに赤ん坊時代はすることがなかったので、ずっと魔力トレーニングに費やしてきた。

その結果、わかったことがある。

魔力は自分の体内と体外に存在する二種類のものがあるようだった。

どうやら空気中なんかにも魔力が含まれているのだ。

そんな外にある魔力を呼吸を通して体内に取り入れ、それを自分の体内にある魔力と融合させることができる。

このことに気がついてから、自分のお腹の中、おおよそお腹の少し下あたりで二種類の魔力を融合させ、それを自分の全身に行き渡らせるようにコントロールするように努力してきた。

おかげで今は自然に魔力を練り上げることができるようになっている。

だが、問題が一つあった。

それは、いまだに魔法が使えないということだ。

どうやら母が使っていた魔法というのは「教会」に行かなければ使うことができないようなのだ。

ある程度、子どもが大きくなったら子どもを教会に連れていき、儀式を受けることになる。

そうすると、照明や着火、飲水といった簡単な生活魔法が使えるようになるのだという。

これは、逆に言うと教会に行かなければ魔法を使えるようにならないということにもなるのだ。

おかげで、生活魔法以外を使うことができない俺の親に聞いても、魔法を使えるようにはならなかったのだ。

しかし、だからといって諦めきれるものではなかった。

村人は生活魔法しか使えないが、逆に言えば他の魔法を使うことができる人が存在するらしいのだ。

よくわからないが、お偉いさんのなかには生活魔法以外を使える人がいるらしい。

それが教会の儀式と関係しているのか、していないのか、あるいは自力で習得できるものなのか。

両親に聞いてもよくわからないらしく、要領を得ない。

が、それならば自分でいろいろと試してみようではないか。

早く魔法を使ってみたいということもあったのだが、ろくに動けないほど小さなころから自意識が存在していたからだろうか。

ものすごく暇だったこともある。

俺はなんとか魔法が使えないだろうかと試行錯誤を繰り返していたのだ。

言葉をしゃべることができるようになってからは、ブツブツと適当な単語を並べてつぶやいたりして、必死に魔法が発動しないかどうかを試し続けていたのだ。

そして、ようやく最近になって手応えを感じ始めたのだ。

それは俺が畑に出かけたことがきっかけになったのだった。

◇◇◇

俺の転生した新しい家はお世辞にも裕福とはいえないところだった。

というか、むしろ貧乏といっても全く問題ないだろう。

赤子のときから家を見ていて思ったが、ボロい家に住んでいる農家が俺の生家だった。

毎日同じボロの服を着て生活し、畑で麦を育てて生計を立てている。

が、せっかく作った農作物も税金として多くが取り立てられてしまうため、日々口にするものは少ない。

お腹いっぱいに食事をしているところなど見たことがないくらいだ。

あまりにもお腹が空きすぎてしまったため、俺はボロい家を出て畑に来たのだ。基本的に両親はほとんどの時間、畑仕事をしている。

そこそこ大きくなった長男も親の手伝いをしているようだ。

次男の兄貴についてはよくわからん。

どこかに遊びに行っているようだった。

なので家を出て畑に行くのは別に三歳児であろうとも問題なかった。

まあ、あまり家から離れすぎなければ大丈夫だろう。

しかし、悲しいかな。

ちょうどその時は畑に食べられそうなものが何一つなかった。

が、ないからといって諦めるわけにもいかない。

とにかく何でもいいから食べたかった俺は、自分でも作物を育ててみることにしたのだ。

家の裏の畑の端っこを自分のスペースとして勝手に位置づける。

そこへしゃがみこんで小さな両手を地面へとつけ、目を閉じた。

大きく息を吸い込み、次に吐き出す。

自分の中にある空気をすべて取り替えるつもりで、深呼吸しながら体内へと意識を向ける。

外から取り込んだ魔力をゆっくりと、じんわりと、しかし確実に混ぜ合わせるようにして魔力を練り上げていく。

おへその下で十分に練り上げた魔力、それを今度は胸にまで引き上げ、頭や手、足の方へと押し流していく。

押し流された魔力は体の端までたどり着き、更にそこから胴体へと戻っていく。

慎重に、滞るところがないように、ゆっくりと、なめらかに魔力が流れ始める。

そして、それを幾度も繰り返した。

何度深呼吸をしたのだろうか。

俺の胴体には溜まった魔力はその行き場がないほどの量へと増えていた。

それを今度は地面へとつけた手のひらへと持っていく。

空気中に存在していたときの魔力はそのまま酸素のような目に見えない軽い気体のようなイメージだ。

だが、体内で練り上げた魔力は粘り気のある液体のようなイメージへと変貌している。

といっても、実際に液体ではないため、手から水が滴るようなことはないのだが。

だが、そんな魔力が手のひらを通して畑の土へと染み込んでいく。

練り上げた体内の魔力、それをすべて土へと馴染ませるように行き渡らせていく。

落ち着け。

ここで集中力を切らすな。

自分に言い聞かす。

ここまでは前回までもできていた。

俺が感じ取っていた魔法への手応えというのがこれだ。

だが、ここから先が失敗に終わっていた。

失敗の原因は前回までの俺がここで集中力を切らしてしまったことにあるのだと推測していた。

教会で教わる生活魔法などは呪文を唱えると簡単にできるように見えた。

その印象が頭にあったので、適当な言葉を呪文として唱えたのが失敗だったのだと思う。

それまで苦労して練り上げ、土地へと馴染ませた魔力があっという間に霧散してしまったのだ。

今回はその反省を踏まえて安易に呪文を唱えようとすることはない。

魔力を練り上げるときと同じようにイメージが大切なのだ。

前世で田舎のばあちゃんがしていた畑仕事を手伝うことがあった。

いわゆる兼業農家のようなもので、他に仕事を持っていたがそれなりの大きさの畑や田んぼがあり、そこでよく肥料なんかを見ていたことを思い出す。

畑の基本は土の良さにあるといっても過言ではない。

柔らかで、ふかふかしていて、触ると少し温かい、栄養のある土。

今俺のいる畑は、どう見ても良い土をしているとは言えないのもだった。

というか、本当にこれが農家としての畑と言っていいものかと思ってしまうくらいだ。

じゃまになる大きな石をどかして、野菜を植えられる最低限度の範囲内で土を耕しているくらいではないだろうか。

もしかすると、二十一世紀とは比べ物にならないくらい農業技術がないのかもしれない。

そう思うのも不思議ではないだろう。

効果範囲のちいさな生活魔法は存在していても、機械のようなものが一切見当たらないのだから。

そんな畑を前にしながら、脳内ではばあちゃんが野菜を作っていた畑を思い出し、その土をイメージする。

一番よく使っていた、多くの野菜に使用可能な万能な肥料の入った黒っぽい土。

よく耕して柔らかくなり、無駄な雑草をすべて取り除き、水はけと日光がよく当たるように畝《うね》を作った畑。

ひたすらその状態の畑をイメージしながら魔力を土へと向けていく。

どのくらいの時間が過ぎたのだろうか。

はっきりした時間はわからない。

だが、すっかりと喉がカラカラになるくらい長い時間を目を閉じて畑の上でしゃがみこんでいたようだ。

体内に存在した魔力はすべて消費して、これ以上何も考えられない、となったとき俺は目を開けた。

畑の一角の数メートル四方だけが、その姿を変えていた。

他の地面とは全く違う状態へと変貌した、畝三つの栄養たっぷりの土が盛られた空間がそこには出来上がっていたのだ。

こうして、俺は初めての魔法を成功させたのだった。

眼の前に現れた、それまでの硬い土に雑草が生えている畑から間違いなく美味しい野菜の収穫が約束されたかのようなきれいな畝の畑を見て、俺は感慨にふけっていた。

前世とは違う魔法の存在する世界で初めて自力で成功させた魔法としては実に地味なものだろう。

だが、それでも嬉しかった。

ここまで何かを頑張って成し遂げたことなど今まであっただろうかとさえ思ってしまう。

考えてみれば、俺が過ごしてきた前世の人生ではだいたいのことが事前に調べることができていたのだ。

完全にゼロの状態から魔法を使えるようにまでなるというのは、この世界での俺の人生で大きな一歩となったに違いない。

そんなことを考えていると、俺のお腹からグ～っと音が鳴った。

空腹を訴える肉体によって、感動に浸っていた俺の思考が現実へと引き戻される。

そうだ。

何はともあれ、今の俺には魔法よりも重要なことがあるのだ。

なんとしても食べるものを作り出さねばならないのだから。

「よし、さっそくコイツを植えることにしようかな」

今も音を鳴らし続けて空腹を主張している俺の肉体。

その肉体から襲い来る三大欲求の一つである食欲をかろうじて理性で持って抑えつけて用意していた野菜を手に取る。

俺が畑に植えるつもりでいたのは、根菜類の一種だ。

貧乏農家ではほとんどの家の畑にあるという短期間で育つ野菜。

なんと驚くことに二十日ほどで食べられるものになるという。

が、この「ハツカ」と呼ばれる野菜はあまり人気がないことでも有名だ。

味がものすごくまずいのである。

硬い茎の根に黒っぽい塊ができるもので、見た目も悪いときており、基本的には家畜の餌として使うのが一般的らしい。

故に貧乏農家御用達のクズ野菜とされるのだ。

このハツカを魔法で耕した畝にあわせて等間隔で植えていく。

たとえハツカがどれほどの悪名を持っていても俺は構わない。

とにかく、それほどに腹が空いているのだ。

ぶっちゃけ、今日魔法が成功していなかったらこの世界に転生してきたことをひどく悔やんでいたかもしれない。

貧乏がいかに辛いことなのかを、俺は幼い身ながら実感させられていたのだった。

◇◇◇

「あれ、おかしいな？」

日々の日課になった畑の手入れに来ていた俺が思わずつぶやく。

初めて魔法を成功させてからすでに数日が経過していた。

俺は一日に一回のペースで畑の土に魔法を発動させていた。

おかげですでにそれなりに広いスペースが荒れ果てた土地からフカフカの土へと生まれ変わっている。

もっとも、範囲が広がるほどに問題点も見え始めてきていた。

それは「水やり」だ。

ここには蛇口をひねれば水が出てくる水道も無ければ、ホースもない。

家にある水瓶からボロの桶に水を入れて畑まで往復している。

畑に水をやるという行為は三歳という未熟で小さな肉体しか持たない今の俺には想像を絶するほどの重労働なのだ。

魔法で水を出せれば一番なのだが、どうにもうまくいかずに困っている。

この日も俺はヒーヒー言いながら水やりをなんとかやり遂げていた。

そんな俺の目に、気になるものがあった。

それは初日に畑へと植えていたハツカだ。

ハツカは細く硬い茎の下にいくつもの小さな球状の根ができる根菜だ。

二十日ほどすれば茎には花が咲き、それが収穫の目印となる。

が、なんと初日に植えたハツカにその花が咲いているのだ。

明らかに早い。

早すぎると言ってもおかしくないのではないだろうか。

明らかに異常な速度で花のついたハツカ。

だが、異常だとわかってはいても放置するという選択肢は取れない。

俺はドキドキと拍動する心臓を抑えるように胸に手を当ててから、呼吸を整えハツカの茎へと手を伸ばした。

大地へとしっかりと根を張っているのか、茎を握る手には力が入った。

小さな体の全体重をかけるように体を倒して一気に引き抜く。

「おお。すげー量がついてんな」

ズボボと引き抜けたハツカがその姿を地面からすべて出したところで驚く。

通常ならば茎の先に数個程度の食用の根の塊がついているだけのはずのハツカ。

だというのに、この畑から引き上げられたハツカには十数個の球状の根っこがついている。

そのうちの一つを手でもぎ取り、バンバンと手で叩いた。

土の汚れをとったのだ。

そしてそれを桶に残っていた水へと浸して、表面の細かな土まですべて落とす。

「ガリッ」

俺は勢いよく歯と歯を噛み合わせて、ハツカへとかぶりついた。

瞬間、口の中に嫌な苦味が広がる。

あまりの不味さに思わず口から吐き出しそうになった。

が、そんなことは絶対にしない。

美味しくないというのはすでに知っているのだから。

「ヴ〜〜〜。まずい〜」

ほとんど無意識にそう言ってしまう。

だが、その言葉とは裏腹に俺の目だけは笑っていた。

これでようやく飢えから逃れられる希望ができたのだから。

こうして、俺の中での農業革命が始まったのだった。

「やっぱり普通よりも早く育つみたいだな」

俺が自分の畑を見ながらそうつぶやく。

初めての収穫を終えた俺はその後も畑の世話を続けていた。

そうして、確信したことがある。

それは、俺の畑で育った野菜の成長速度が普通よりも早いということだ。

通常であれば二十日前後で収穫可能なハツカをわずか五日前後で食べごろにまで育て上げることができるというのは、驚きを通り越して怖いくらいだ。

だが、ここまで育ったものを食べた感じでは特に体に異変は生じていない。

おそらく、直ちに影響はないものだと判断した。

あとで何らかの副作用が出る可能性がないわけでもないが、まあ気にしてもしょうがないだろうと割り切ってしまっている。

なんといっても、それだけ空腹がつらかったというのもあるのだから。

「でも、最近ちょっと余裕が出てきたんだよな。ここらで実験でもしてみるか？」

だが、そんなつらい日々も少しずつ落ち着いてきている。

そこで少し遊び心が出てしまった。

もし俺が普通の三歳児であれば、考えなかったことだろう。

だが、前世で一応学校に通っていたこともあるのだ。

農業を専門的に習ったわけでもなかったが、知っている知識もある。

今回、俺の頭に浮かんだのは「品種改良」という文字だった。

俺が前世で食べていた食品はどれも美味しかった。

スーパーで特売として売られているものでさえ、きれいでみずみずしく、しっかりとした味がしたものだ。

とはいえ、当時はそんなことは気にせずにいろんな調味料で更に濃い味にしたものばかりを口にしていたので、野菜本来の味を堪能して食べるといったことはあまりなかったのだが。

しかし、この世界で育てている野菜なんかを見ると非常に気になるのだ。

どれもこれもが、品質として低いものばかりであるということに。

かつて口にしていた野菜がどれほど優れていたものだったのかというのを今更ながらに痛感している。

それもこれもすべて過去の名も知らぬ農家や研究者たちが日々研鑽し、品種改良を続けていたからこそ、あれ程の高品質なものを低価格で得られていたのだろう。

とはいえ、普通なら個人で品種改良に取り組んだところで、そこまで成果は上がらないだろうと思う。

俺の人生を捧げて、ようやく子孫に自慢できるものが一つでも残せたら大成功といったレベルではないだろうか。

が、そんな常識的な考えをぶち壊しかねない存在。

それが魔法である。

どういう理屈かはさっぱりわからないが、俺が魔法で耕した畑では野菜の生育速度が早い。

ならば、それを利用するほかないだろう。

こうして俺はさっそく品種改良の準備に取り掛かった。

少しでもハツカの味が良くなることを心から願いながら。

◇◇◇

さて、品種改良をしようと思い至ったはいいが、どうやればいいのだろうか。

田舎のばあちゃんが畑をしていたのを手伝っていたとはいえ、種や苗は毎回購入してきたものを使っていたはずだ。

ならばと、学校で習った知識を記憶の底から拾い出すようにして思い出していく。

確か、生物の授業で遺伝の法則を習ったはずだ。

とあるおっさんが畑でエンドウ豆を使っていろいろと実験した話があったはずだ。

豆のシワを肉眼で千個単位で確認しながらデータを取り、遺伝に関する法則性を見出したのだったか。

その話を聞いたときは、よくそんな暇なことができたものだと思ってしまったものだ。

だが、そこにヒントが有る。

品種改良と入っても現状、ハツカには掛け合わせるほどの種類は存在しない。

同じ作物の中でもこしひかりやあきたこまちなどのように種類があれば、それぞれを交配できるのだろうが、そうはいかない状況ということだ。

つまり、俺はまずハツカが持つ特性そのものを調べる作業から始めなければならなかったのだ。

収穫したハツカを一つ一つ丁寧に観察していく。

茎の下にある根の塊が食用となるのだが、当然茎や花の部分でも細かな違いが存在した。

それらを一つずつ見つけ出して分類していく。

黒い根の塊があれば、少し赤紫っぽいものがある。

根の塊がたくさんできるものもあれば、数は少なくとも大きさが微妙に大きいものなんかもある。

花の色は白っぽいものもあれば黄色づいているものもある。

他にも細かな違いがあれば、それらをいちいちチェックしていった。

もちろん、学術的研究をしているわけではないので、実際に食べてみて味を見るのも忘れたりはしない。

そして、それらは当たり前だがチェックするだけでは終わりにはならない。

その特性を分類した上で、それらを掛け合わせるように交配していかなければならないのだ。

俺はある程度広くなった畑を六つに分類することにした。

完全に分離することはできないが、一応狙った特性ごとに育つように分けたのだ。

この実験兼食料確保兼興味半分行為が俺の日課となってしばらくしたころ、俺は一つに事実に気づいたのだった。

それは、「野菜も魔力を持つ」ということだった。

ガリッ、ゴリッ。

硬いものを歯で噛む音がなる。

その音は俺の口から発せられていた。

畑の前で地面に座り込みながら、収穫したばかりのハツカをかじっているためだ。

相変わらずこのハツカの味はお世辞にもいいとは言えない。

というか、根っこの部分を食べる関係上、本来ならばしっかりと茹でるなりなんなりして火を通したほうがまだ食べられる味になるのは明白だ。

だがしかし、収穫した野菜は俺が育てたといってもあくまでも家族のものとして扱われることになる。

が、そんなことは俺の空腹が許さないため、収穫直後にそのまま丸かじりしているのである。

ハツカの品種改良については進んでいる。

六分割した畑には少しずつそれぞれの特徴に違いが現れ始めたものができ始めてきていた。

だが、今はまだ味にさほどの差は現れていない。

そんな状況だが、それぞれのものを食べ比べているとき、ふと自分の中で気になることが出てきたのだ。

それは俺が畑を耕すときに使う魔力についてだった。

俺が独自に開発した魔法は自分が体内に持つ魔力と外から取り入れた魔力を融合させて使用している。

基本的なイメージでは深呼吸を繰り返しながら、しっかりと練り上げた魔力で体内を満たしてから魔法を発動することになる。

当然、魔法を使用すると体内にあった練り上げられた魔力は消費されてしまうことになる。

そこで、次に魔法を発動させようと深呼吸をしようとも、もともとあった体内に持つ魔力がなくなっているため融合させて練り上げることができなくなる。

いわゆる魔力切れという状態になるということだ。

では、体内に持つ魔力を回復するにはどうするのかということになる。

今までは漠然と時間が経過すれば回復していくものだと思っていた。

事実、それは間違ってはいない。

が、正しくもなかった。

最近、食べ物を安定的に確保できるようになったからこそわかる。

体内に持つ魔力は食べ物を摂取することで回復していたのだ。

今まで気が付かなかったのは食べてすぐに回復するというわけではなかったからだ。

食べたものがすぐに血となり肉となるわけではないように、魔力が作られるのも食べてからしばらく時間がかかるのだろう。

そのために、時間経過で魔力が回復すると誤認識していたというわけだ。

そして、ここで重要なのが何を食べるとどの程度、魔力が回復されるかという話になってくる。

実は最近になって違いが出始めたハツカ数種類でも回復量の違いが出始めてきたのだ。

味についてはさほどの変化が見られないというのに、魔力回復量に違いが出る。

これが俺にどういった刺激を与えるのかは、わかりきったことかもしれなかった。

もともと、食料確保という大前提をクリアした上で、興味本位で始めた品種改良だったのだ。

俺はだんだんと味よりも魔力について注目しながらの品種改良へとシフトチェンジしていったのだった。

◇◇◇

前世でアイドルが農業をするという人気番組を見ていたときのことを思い出す。

米を改良するときには指標があったはずだ。

あれは確か水の入った大きな容器に大量の塩をぶち込んで食塩水を作った中に、種籾《たねもみ》を突っ込んでいたように思う。

塩水は普通の水よりも物体が浮きやすいという特性を生かして、重い種籾と軽い種籾を簡単にふるい分ける効果があるのだそうだ。

基本的に大きいものは正義である。

こんな簡単な方法だが、品種改良には非常に役立つ方法だったらしい。

この方法を頭の中から取り出すことに成功した俺はさっそく試してみたが、結果的にはうまくいかなかった。

米と違って塩水で浮かぶほど軽い野菜はなかったからだ。

それに俺が見つけた方法は魔力の回復量が多くなるものの選別だった。

先の方法ではたとえうまくいっても魔力回復量の違いについては関係ない可能性が高い。

一番間違いないのは毎日食べ比べていきながら、回復量の多かったものを優先して栽培していくというやり方だろう。

だが、三歳という幼く小さな肉体しか持ち合わせていない俺には、そこまで食べ比べるようなことができなかった。

なんとか、見分けるようなことはできないだろうか。

ひたすらそんなことを考えながら畑の世話を続けていた。

そして、その問題はある日解決した。

その日も畑を耕すために土に魔法をかけていた。

いつもは精神集中をするために目を閉じ、何度も深呼吸を繰り返して魔法を発動させている。

しかし、この日は魔法になれ始めてきたこともあり、目を閉じることもなく深呼吸を開始して魔力の練り上げに入ったのだ。

体内のおへその下あたりにある魔力を深呼吸して取り入れた魔力と融合させて粘性の魔力へと変え、それを全身へと行き渡らせる。

そして、その魔力がお腹から胸、さらに頭のほうへと上がってきたときだ。

目を開いていたため、俺の視界にはハッカが植えられている畑が映っている。

その畑がぼんやりと揺れて見えたのだ。

目の錯覚かと思って、よく見てみるとそうではない。

畑からゆらゆらと透明な気体が上昇していくような感じの光景が広がっていた。

それを見て、もしや、と思い、練り上げた魔力を俺は自身の瞳へと集中させることにしたのだ。

これがきっかけだった。

目に魔力を集中させるとその光景は一層鮮明になった。

透明な気体は色づき、薄い青色の気体が畑から立ち上っている。

おもむろに畑に生えているハツカを抜き取ってみると、その気体はハツカ自体から生じていた。

青色は空気中に生じたものだけではなくハツカの食用の根の部分にも存在した。

というか、根の部分からは空気中へと漏れ出ることなく、その部分に青色がとどまっている。

もしかして、この青色こそが魔力なのではないか。

確証は何もないが、俺にはそう感じられた。

そして、その考えはそこまで間違っていないだろうとも思われた。

今まで食べ比べていたハツカの中でも一番魔力回復量が高かったものほど青い色は濃く見え、逆に回復量が少ないものほど色が希薄だったためだ。

俺はこうして、野菜が持つ魔力量を食べずとも調べる方法を手にしたのだった。

練り上げた魔力を瞳へと集中し、その状態を保ったままでハツカを観察する。

どうやら内包する魔力量が多いハツカは根の塊部分が大きいものであることが多いようだということがわかってきた。

茎の下に食用となる根の塊を複数個つけるハツカだが、その数が多ければ多いほど食べられる量というのは増えることになる。

だが、細かく観察していくと数が多いほど立ち上る薄青い気体のように見える魔力が淡い印象を受けたのだ。

食べ比べてみた感じとしては、目に見える魔力の色が濃いほど魔力の密度が高いようだった。

いろいろと見て食べてを繰り返して調べた結果、五～六個の塊ができるもので、塊の大きさが大きいものほど魔力密度が高いということが判明した。

それから俺はその特徴を踏まえつつ、品種改良を繰り返していったのだった。

◇◇◇

そんなふうに品種改良を続けながら数年が経ち、五歳になるかというころ。

他にも発見があった。

それは魔力の運用についてである。

魔法を使用すると魔力を消費し、それを回復させるには食べ物を食べる必要がある。

そこで俺はなるべく魔力を多く回復させてくれる食べ物を得ようと考えたわけだ。

だが、回復量を高めるには他にも方法があることにも気がついたのだ。

そのヒントは自身の瞳に魔力を集中させるという行為だった。

しばらくはその大発見に舞い上がってしまっていて、深く考えなかったのもある。

だが、後々になって気になったのだ。

瞳に魔力を集中させたら視界から得られる情報が変わる。

ということは、もしかしたらほかの肉体部位にも同様のことがあり得るのではないかということに。

そして、それは間違いではなかった。

今まで全身に練り上げた魔力を巡らせたあと、すぐに手のひらから畑の土へと流し込んで魔法を使っていた。

だが、魔法を使用せず、その状態で体を動かすと身体機能がわずかばかりだが上昇しているように感じられたのだ。

そこで、あえて全身ではなく腕や足などと言った部位へと魔力を多めに移動させると、腕力や脚力の向上が見られたのだ。

これは俺の中ではかなり嬉しい発見だった。

いわゆる身体強化魔法のようなものではないかと思ったからだ。

新たな魔法が嬉しかっただけではなく、現実問題としても非常に助かったのもある。

全身の力を強化することで、今まで水瓶から桶に移した水を手運びしていた労力が軽減されたのだから。

おかげで更に畑の面積を増やすことにも成功している。

そして、この強化魔法は何も力の向上だけではないということにも気がついた。

それは顎の周りの筋肉を強化してガリガリとハツカをかじっていたときのことだ。

筋肉を強化できるのなら、内臓機能は変化しないのだろうかという疑問を持ったのだ。

気になったら即実験だ。

俺は練り上げた魔力を胃や腸へと集中させるようにイメージを行った。

ぶっちゃけ本当に正確に胃や腸のところへ魔力を集中させる事ができていたのかどうかはわからない。

だが、この実験は成功した。

それまで食べ物を食べるとそれに含まれる魔力を自分の体内に存在する魔力へと変換するのにはある程度の時間がかかっていた。

だが、体感的にその吸収完了までの時間が減ったのだ。

更に不確定ながらも、吸収効率の向上が見られるような気もする。

同じくらいの魔力内包量のハツカでも胃腸強化状態で食べたときのほうが回復量が上昇したように感じられたのだ。

もちろんこれらは正確な情報ではなく、あくまでも俺の感覚の問題だ。

正しくはないのかもしれない。

だが、違いを感じるのは確かなのだ。

ならば、この胃腸強化魔法は続けてみよう。

俺はそれから毎日、食べるときや動くとき、見るときなど、状況に合わせて魔力の運用を工夫するようになっていったのだった。

◇◇◇

「それじゃ、行ってくる。後のことは任せたぞ」

「いってらっしゃい。気をつけてくださいね」

あれから更に時間が経過したとある日のこと。

我が家の大黒柱である父親が単身赴任として家から出かけていった。

なぜ、農家であり畑を持っている父が家を出ることになるのか。

それは戦争に駆り出されたからだった。

どうやら、結構大規模な争いが発生したようで、村からも多くの人手が駆り出された。

村にいる親戚のおっちゃんからあまり話したこともない村人がぞろぞろと村を出ていく。

中には結構若い男の子もいるが、彼らも戦ったりするんだろうか。

今までこの世界に生まれてから、どうにも農業技術の発展が遅れているのではないかと疑問に思っていたのだが、それもこの戦争に原因があるようだ。

農業をほっぽりだして戦争へと人手が取られるのである。

種まきと収穫のときは忙しく、それ以外は手が空く。

そして、その手が空いた時期に戦争を繰り返しているらしい。

戦争がない年には開墾をして面積を増やすのが主な仕事になる。

土地自体は余っており、頑張って耕せば自分のものとすることも可能だ。

だが、個人の力だけで開墾できるものではない。

ある程度村の中で協力しながら少しずつ畑の面積を広げていっているようだった。

このことを考えると俺の魔法はすごくいいものだと言えるだろう。

なんといっても個人の力だけでも新たに畑を作ることが可能なのだ。

更に基本的に税は土地の面積に比例する。

魔法を使って耕した畑は通常よりも収穫量が多く、早く育つため非常に大きなアドバンテージがある。

だが、気になることもある。

それは出兵していった村のみんなの装備が非常に貧弱だったことだ。

どうやら、農民は招集をかけられたら自前の武器を手に持って出ていかなければならないらしい。

どおりで我が家にも武器が置いてあったわけだ。

村人の中には武器ではなく農具を持ってでかけていった人すら見かけた。

あんなもので戦えるのだろうかと思ってしまう。

いずれ、俺も大人になり、独り立ちしなければならない。

農家として食うに困るというリスクは魔法のおかげで少ないだろうとは思っている。

だが、戦争があるとなれば将来の予想は全くつかない。

雑兵として使われて怪我をすることもあるだろうし、俺達の村が戦場になったり巻き込まれて住む場所を失ってしまうことも考えられる。

父が出かけていってからずっとそのことについて考えていた。

だが、悩むほどの選択肢が存在するとも思えない。

どう考えてもある程度の戦える力というのは必要だろう。

武器、そして防具が最低限必要になる。

前世の記憶を持つ身としては殺し合いをしたいなどとは思わないが、備えておかねばならない。

そして、そのためには何が必要か。

金だ。

金が必要だ。

それもいくらあっても足りるということがないだろう。

だが、俺は無一文だ。

これは俺が子どもだからというのももちろんなのだが、根本的な問題がある。

というのも、村の中での生活では基本的には物々交換が主流だからだ。

お互いが作った農作物を交換しあって食べる。

俺も最近はハツカ以外の野菜なんかも作り始めたが、それらがお金になるわけではないのだ。

ならばどうするか。

行商人を利用するしかないだろう。

物々交換というシステムが成立してしまっているこの村にも金の流れが無いわけではない。

その一つが街から村へ、村から街へと移動しながら商売をしている行商人である。

商人が利益を得るために街で売っているよりも遥かに安い金額で買い取られるという面はあるものの、それでも貴重の現金獲得の手段だ。

さっそく、金策に取り掛かろうと思う。

「そうね。ならサンダルでも作ってもらおうかしら」

「サンダル？」

「そうよ。ハツカの茎を束ねて履物を作ると買い取ってもらえるわよ」

◇◇◇

その日のうちにママンへと相談したところ返ってきたのがこの答えだった。

貧乏人御用達の農作物と言われるハツカだが、実は食べるだけではなかったらしい。

茎を乾燥させて、それを数本束ねてねじりながら細工をしていくことで、いろんなものが作れるらしい。

草履タイプからくるぶしまでの靴っぽいのが一般的で、ブーツタイプのものもあるらしい。

決しては履き心地のいいものではないが、あまりバカにもできない。

この世界にはスニーカーなどは存在しないのだ。

履物があるかないかで移動速度が大きく変わるのはもちろん、足の怪我にもつながる。

冬になると雪が積もることもあるため、ブーツタイプなどは需要が供給を上回ったりもするそうだ。

多分金稼ぎとしては効率のいいものではないだろう。

だが、決して損するものでも失敗するものでもない。

行商人が今いるわけでもないというのもある。

俺は履物の編み方を教わり、毎日商品を作り続けたのだった。

「お、結構しっかりしたサンダルだな。はいよ、坊主、受け取りな」

そう言って行商人が俺に硬貨を手渡す。

それを受け取って俺は唖然としてしまった。

俺が丹精込めて作り上げた山のように積んでいるサンダルが硬貨数枚として買い上げられたからだ。

もちろん、受け取った硬貨は金貨や銀貨といった値打ちの有りそうなものではなく、端が少し欠けているような銅貨ばかりだった。

サンダルの材料となるハツカの茎はいくらでも手に入るとはいえ、これではいつまでたっても武器など買えないのではないか。

だが、行商人がぼったくっているというわけでもない。

単にサンダルの単価が低すぎるというだけの話なのだろう。

そこで、行商人に対してもっといい値段で買い取れる商品についてリサーチする。

この歳でこれだけの量のサンダルを作っただけでもすごい、などと関心している行商人から情報を掴み取ろうとひたすら聞きまくったのだった。

◇◇◇

「よっと……。こんな感じでやってみるかな」

行商人との初のやり取りを終えた数日後のこと。

俺は家の裏で作業をしていた。

できるかどうかはまだわからないが、サンダルに変わる収入源を得るための実験を行おうとしている。

めんどくさがる行商人を長時間拘束して話し込み、得られた情報の中で可能性がありそうなもの。

それはきのこの栽培だった。

この世界には魔力があり、魔法が存在している。

そして、俺は今まで知らなかったのだが減った魔力を短時間で回復させることのできる魔力回復薬というのも存在していたのだ。

だが、魔力回復薬はあまり出回っていない。

それは原材料に原因があるからだ。

魔力回復薬を作るために一番重要になるのが魔力茸《まりょくだけ》というものだった。

これは森に生えているものを採取するしかないのだが、採取時期が限られている。

そのときに取れたものを使って魔力回復薬を作成するのだが全然量が足りないらしい。

俺がまだ子どもで森に入るような年齢でもなかったため、もうちょっと大きくなったらやってみれば？　という感じに話の最後の方にその話題が出てきたのだ。

だが、それは俺にとってはビジネスチャンスだ。

というのも、行商人が持ち合わせていた魔力茸の実物を見せてもらったときに気づいたからだ。

これって「しいたけ」じゃないの、と。

魔力茸を目にした俺は前世の記憶がフラッシュバックした。

実はしいたけを栽培した経験があったのだ。

それは家庭用の栽培キットのようなものを使ったお手軽栽培であり、本格的なものではない。

だが、この魔力茸がしいたけと同じような育ち方をするのであれば可能性は十分にある。

そのための実験に取り掛かることにしたのだった。

◇◇◇

基本的にきのことというのは植物ではなく菌である。

菌が木の中で増え、木そのものを自身の栄養分として増殖していく。

そのため、菌が増えやすい状況を作り出してやれば人工的に栽培することが可能となる。

まず俺は村にいる木こりから魔力茸がとれるという種類の木の丸太を調達した。

自分で切りに行こうかとも考えたが、いかんせん木を切るのも、それを持ち帰るのも大変だ。

さらにいえば、数ヶ月くらい乾燥させないと栽培には使えないのだ。

その点、木こりならばためた資材として乾燥させた状態の丸太があった。

ちょうど良さそうなものを選んで数本を持って帰ってきたのだ。

丸太を乾燥させるのには理由がある。

木は外側から乾燥していき、中の方はまだ水分が残った状態になっている。

もし、木の外側だけが乾燥していて中が湿っていると菌の繁殖が悪いのだ。

そのため、適度な乾燥が必要となる。

が、逆にカラッカラに乾燥しすぎていても良くないらしい。

あくまでも適度な湿り気も必要となる。

そのため、家の裏の日陰になっているところへとおいておく。

あとはこの丸太へときのこの菌を埋め込み、木の内部で菌が増殖するのを待つということになる。

ただ、このままやってもおそらく失敗することは間違いないだろう。

そこで、前世では絶対になかったやり方も追加する。

それは菌を埋め込んだ丸太に俺の魔力を流し込むという方法だ。

きのこ菌なんてものは言ってしまえば木に寄生して成長しているに過ぎない。

そして、魔力茸というからには多量の魔力を含んでいるはずであり、すなわち、それは木から魔力を奪っているということにはならないだろうか。

ならば、その魔力を俺が代わりに支払ってもいいのではないだろうか。

そんな確証もない仮説を立てた上での実験だった。

数本の丸太にそれぞれ魔力の注入に差をつけて育つかどうかを様子を見ながら行っていく。

俺の生活は朝起きて日が出ているうちは畑の世話をし、日が暮れたころになると丸太に魔力をぶち込んでから、夜は母親が出した照明の下でサンダルを作る日々が続いた。

そうして、しばらくしたころ、数本ある丸太のうちの一本だけに、三つだけ魔力茸が姿を現したのを見つけたのだった。

魔力茸の栽培を成功させたとはいえ、今はごく少量がかろうじてできたというに過ぎない。

魔力茸が貴重なものであるとしても、僅かな数で大儲けできるというほどのものではないだろう。

やはり、もう少し規模を大きくしていかなければならない。

だが、気になることがある。

それは、保管場所についてだった。

我が家は貧乏な農家であり、いろんなものを置いておく場所というのもすでにスペース不足になってしまっている。

なにせ、俺がここ最近ハツカの茎からサンダルを作るために畑で取れたものを山積みにしているからだ。

丸太の保管や栽培に成功した魔力茸を置いておく場所が必要だ。

いや、この場合、場所というよりも建物といったほうがいいだろう。

そこで、今まで畑を耕すことばかりに使用していた魔法を改良してみることに決めた。

畑を耕す時には地面の硬い土をふかふかとした柔らかな栄養たっぷりの土へと変化させることに成功している。

その際には基本的には地面を平らにした上で作物が育ちやすいように畝を作るように土を盛り上げるようなこともできている。

であるのならば、土の形を変えて建物を作り出すことも不可能ではないはずだ。

この仮説をもとに、建築のための魔法にチャレンジしてみることにしたのだった。

新たな魔法に挑戦、とはいえども、すでに初魔法を習得してから数年が経過している。

その間、俺が何も試さなかったわけではない。

ただ、魔力量がそこまで多くはなかったということもあり、建物を建てようなどというところまで成長していなかったのだ。

だが、畑を耕すときにはそれまでよりも広い範囲を一気に耕すことができるようになったりと、成長を実感することはよくある。

決して無謀な挑戦というわけでもないはずだ。

その上で、今一度頭の中でぼんやりと頭の中にある魔法についての法則性を考えてみた。

まず最初に思い浮かぶのが、無から有を作り出すのはしんどいということだ。

例えば、よくゲームなんかであるような土魔法で、手のひらから石の礫《つぶて》を出して飛ばす攻撃のようなものをイメージしてみようか。

なにもない空中に手を伸ばして手のひらを突き出す。

そこに全身から練り上げた魔力を手のひらへと集めて、石の礫を生成し、それを対象にあたったときにダメージを与えられる程のスピードで飛ばす。

これらの流れを頭の中で鮮明にイメージして魔力を消費することで、実際に実現することは不可能ではない。

ないのだが、思った以上に燃費が悪いのだ。

個人的な感覚としては、何もないところから石の礫を生み出すというのが相当効率が悪いのではないかと思う。

なにせ、畑を耕すだけなら一度で数メートル四方もの広さを耕すように魔法を発動させても全然問題ないのだから。

このことから、もともと存在するものを利用したほうが魔力消費は格段に安上がりで済むということがわかる。

が、なぜか俺は土以外だとうまく魔法が使えないのだが。

水を利用したり、光を利用したりしようとしても、成功しないのだ。

いつかできるようになるのだろうか?

その他にも気になることとして、俺の土魔法では土や石なんかは比較的ラクに変化させられるのだが、金属物質は全然だということがある。

そこらの土から金属を作り出して売りさばく、ということができればよかったのだが、それは無理だということになる。

すなわち、魔法で作る建物を金属でガチガチにかためるということはできないということだ。

それらのことを考えると、チャレンジするのは土蔵《どぞう》なんかがいいのかもしれない。

火事の多かった江戸時代では中が燃えにくかったらしいし、何度か見たこともあるからイメージしやすいだろう。

俺は頭の中で土蔵をしっかりとイメージしながら、深呼吸を繰り返して魔力を練り上げる。

そして、畑を耕す時と同じように地面に手をついて土へと魔力を送り込む。

……ドサッ。

そうして、魔法を発動しようとした瞬間、俺は地面へと気を失うように倒れたのだった。

◇◇◇

急性魔力欠乏症、とでも名付けてもいいかもしれない。

家の裏で気を失っている俺を母親が見つけたのは魔法について試してみようとした時間よりも数時間は経過しているときであったという。

その日の夜、なんとか起き上がれはしたものの、ひどく頭が痛くて立っていられず、寝込んでしまうことになったのだ。

その症状は次の日まで残った。

そのさらに次の日には体も動くようになっていたのだが、念のためにもう少しだけ休んでいたのだった。

突然、意識を失ったのはおそらく魔力がごっそりとなくなってしまったことが原因だと思う。

俺が力仕事のときによく使う強化魔法は、全身へと練り上げた魔力を送ることで実現する。

それはすなわち、魔力が肉体を動かすことに関わっているということであり、それが今回は急になくなってしまったから意識を失ったのかもしれない。

結果としては失敗だったが、意味のある失敗だと思うことにした。

魔力がなくなった瞬間に生命活動を停止する、なんてことがないということを知ることができたのだから。

最悪の場合、死んでしまっていてもおかしくなかったと思うとゾッとしてしまう。

さて、ではなぜあれほど急に魔力がなくなってしまったのか。

その原因はおそらく面積と容量の関係みたいなものなのではないかと思う。

例えば地面の土を縦十メートル×横十メートルの畑に耕したとしよう。

これに使用した魔力の量を単純に百だと考える。

すると今度は同じ十メートル×十メートルの大きさで建物を建てた場合はどうなるのか。

その広さで高さ十メートルだとした場合は十×十×十で千の魔力量が必要になるのではないか。

多分、建物を建てるときに使う魔力量は使用する予定の土の量や、建てる建物の壁の総面積ではなく、その建物が空間を占める容量として消費されてしまうのではないかと思った。

数日ぶりに家の裏に来たら、先日の魔法失敗の跡として土がえぐれた状態になって残っているのだが、その量だけから見ると俺の魔力がすっからかんになるほどとは思えなかったからだ。

そう考えた俺は建物づくりの魔法ではなく、建築材料づくりの魔法へと切り変えることにしたのだった。

その方法は土をレンガへと変えていき、あとで自力で積み上げていくというものだった。

その日のうちに、レンガの魔法は成功し、俺はせっせとレンガづくりをすることとなった。

だが、建物づくりの魔法はいろいろと夢が膨らむだけに諦めきれない。

今後もチャレンジしていこうと心の中で誓うのだった。

「あれ？　今のって、もしかして……」

家の裏にいかにもド素人がレンガを積んで建てましたと言わんばかりの物置ができてから、更に時間が経過したときのことだった。

ある日、突然、なんの前触れもなく、俺の魔法に進歩が見られた。

俺は子どものころから（今も子どもではあるが）、独自に魔法を身に着けて使ってきていた。

系統的にはどうやら土魔法ばかりしか使えていないのだが、いろいろとバリエーションが増えてきている。

家の裏で家庭菜園的な畑いじりをしているだけだったときと違い、最近では税として徴収されてしまう麦などを作る畑の世話も手伝ったりしている。

これまで我がご先祖さまがたが必死に大地を掘り起こして、何世代もかけて畑を大きくしてきたのだろう。

だが、その努力によって畑の形は大きく歪んでいた。

前世であればトラクターなどの機械が入りづらいことこの上ない、グネグネと曲がった形の畑がモザイク状に存在していたりするのだ。

ぶっちゃけ美しさが足りない。

あまり細かいことを気にしたりはしない性格だとは思うのだが、どうもこの畑の形は許せなかった。

そこで俺は、魔法を使って畑を整地したりし始めたのだ。

ボコボコした地面をなるべく平らになるように、変なところにできた道やわだちも均《なら》していく。

それまであったでこぼこした畑を、じゃまになっている石や木の切り株などとまとめて更地へと変えてしまうという魔法を開発したのだ。

村の中でもうちの畑だけ特別見栄えが良くなっているのが俺の密かな自慢だった。

そんな魔法の他にもこれまでもよく使っていた畑を耕す魔法に肉体の全部、あるいは特定箇所だけを強化する魔法。

そして、更に最近になってレンガを作る魔法なんかもできるようになった。

が、ここでちょっとしたこだわりがまた出てきてしまった。

畑を作る魔法とかレンガを作る魔法、というのはどう考えても呼びづらいだろうと。

たとえ、現状使っているのが俺だけだとしても気になってしまう。

といって、親が使うような生活魔法のように魔法名を唱えるだけで魔法が発動するわけでもないのだ。

名前をつけたって意味がないだろう。

無詠唱で魔法が使えるのだから別にいいだろうとも考えた。

だが、呪文を唱えて魔法が発動するというのがどうしても俺の心の中に残り続ける憧れだったのだ。

そのため、若干恥ずかしいとは思いつつも、つい呪文を唱えてしまっていたのだ。

必要もないのに畑を耕すたびに【土壌改良】と。

ほとんど意味のない、つい癖で唱えてしまっているという状態になっていた。

だが、この日なんとなく唱えていたこの魔法名を口にした瞬間、魔法が発動したのだ。

それまでは慣れてきていたとはいえ体内の魔力を操作してそれを体外へと送り出し、頭の中でしっかりとしたイメージを作ってから魔法を発動させていた。

だというのに、今回はつぶやいた瞬間に魔法が発動できたのだ。

何度も魔法名を発動させるだけで、勝手に畑の土が変化していく。

【土壌改良】【土壌改良】【土壌改良】。

これまで俺がやってきたように栄養たっぷりの土へと変化しているのだ。

「つ、ついに、オリジナル呪文を開発したぞ……」

俺はあまりの喜びにしばらくぐっと握りこぶしを作ってその手を上げるガッツポーズをとった状態のままで、目の前に広がる畑を見続けていたのだった。

◇◇◇

呪文の創造。

これは思った以上に効果が大きいことがわかった。

今までのように精神を集中させて魔力の操作を行い、魔法による効果を頭の中でイメージしてから発動するという手間が省けたのだ。

今までのやり方を無詠唱魔法といえば聞こえはいいが、毎回脳を酷使《こくし》するというのは単純に疲れるのだ。

その点、呪文を唱えた瞬間に魔法が発動してくれるというのは非常にありがたい。

欠点としては、効果が定量的になってしまったことだろうか。

無詠唱であれば頭のイメージをそのまま魔法として発動できるため、【土壌改良】で耕すことのできる範囲は自由自在に変更できる。

その際、使用する魔力は耕す範囲によって変動する。

しかし、呪文を唱えることによって魔法を発動した場合、その効果範囲は毎回一緒になるのだ。

多分これは、俺が家の裏でハツカを育てるために使っていたからだろう。

だいたい十メートル×十メートル位になるんじゃないかと思う。

呪文を唱えた瞬間に消費される魔力量も体感的には毎回ほぼ一緒くらいだと感じだ。

なぜこんなことができるようになったのだろうか。

きっかけ自体は毎回魔法を発動させるときにつぶやいていたからだとは思う。

そう思って再び実験を開始した。

すでに建物は建てたので必要ないのだが、レンガを量産してみることにしたのだ。

結果的にこの実験は成功した。

毎回、同じ大きさと質量のレンガを呪文を唱えるだけで生み出すことに成功した。

そして、その実験によってわかったことがある。

おそらくこれは、パブロフの犬と呼ばれるものなのではないかということだ。

犬に餌をやるときに毎回笛の音を鳴らすようにしていると、その後、その犬は笛の音を聞くだけで口から唾液を出すことになるという話だ。

生物は食べ物を口にした際には唾液が出る。

これが笛の音を聞いてから食べ物を口にするということを繰り返すことで、笛の音を聞くだけで唾液が出るように条件付けされてしまうという。

梅干しを見た瞬間に口の中にじゅわっと唾液が出るのも同じようなものらしい。

ようするに、呪文というのは魔法を発動させる際の条件付けのキーということになる。

どおりで最初魔法を使おうとしたとき、適当な言葉を呪文のようにつぶやいていても魔法が一切発動しなかったわけだ。

順番が違ったということなのだろう。

こうして俺は新たに呪文詠唱という技術を手に入れた。

身体強化や整地の魔法も呪文化しておかなければ。

その後、俺は一人で同じ言葉をブツブツ呟く変な子どもとして村人に思われてしまうことになるのだった。

「こんなにレンガがあっても困るわね。せめてこれがお皿とかだったらよかったのに」

俺が魔法の実験と称して大量のレンガを作ってしまい、その処分に困っていたときのことである。

山積みにされたレンガを見ながら、母親が「あらあら」と頬に手を添えながらそう言った。

なるほど。

建物を作るためにレンガを作り出した俺はレンガを作るためだけの魔法を開発したために思いつかなかった。

だが、土からレンガを作り出せるのであれば皿なんかも作ることは十分可能だろう。

俺は母のこの言葉を聞いて、さっそく作業に取り掛かったのだった。

土を材料に練り上げた魔力をその土へと満たして頭の中にイメージを作り上げる。

そうしてできたものが、前世で毎日使用していたご飯茶碗だったのは仕方のないことだろう。

もっとも、今の生活では米はなく、豆のスープが主食である。

茶碗を見た母の第一声は「ちょっと変わった形をしているのね?」だった。

確かに言われてみればスープには使いづらい形ではある。

そこで現実に即したものを作るように変更した。

それほど大きなものは必要ないので、レンガを大量生産していた俺の魔力ならばいくつでも作ることができる。

いろんな形の皿やコップ、水瓶なんかも作り、母に使用してもらって使い心地も確認していった。

だが、数日もすると十分な量の食器類が揃ってしまい、更にそれ以上は必要ないこととなる。

ならば、量より質へと目が行くのはごく自然なことだったのかもしれない。

一番最初は土をそのまま焼いてできたような器ばかりを作っていたのだ。

さながら土を捏ね上げてろくろで回して作ったものを高熱で焼いてできた、いわば本物の土器のようなものを作ったりしていた。

しかし、それだと基本的に色が茶色系統のものしかイメージできず、すぐに他のものを作るようにしていった。

次に考えたのが紅茶に合うような白のティーカップのような食器類だ。

これは前世の歴史的にも高貴で貴重なものとして高値でやり取りされていたはずである。

単に土を混ぜ合わせるだけではなく、骨粉を混ぜたりするという方法で作られていたはずだ。

それまでにはないきれいな白色が特徴ではあるが、それまでのものよりも薄く、しかし薄さのわりに割れにくいというメリットもあったらしい。

優雅な紅茶を口にするイメージどおりのカップと皿を頭の中で描き出し、それを魔法にて再現することにも成功した。

そのへんの土から作ったにもかかわらずいい色をしている。

思ったよりも原材料としての制限が魔法の場合は低いのだなと感じた。

この白の食器類は非常に母に喜ばれた。

今まで木の器や茶色い土の器を使って生活していたのだ。

その喜びようは俺の予想以上であり、ここまで喜んでくれるのかと驚いたくらいだ。

だからだろうか。

俺はさらに母に喜んでもらおうと思って、この食器に手を加えることにしたのだ。

そして、それによって重大な問題が存在することを知ってしまった。

それは「センスの無さ」だ。

白磁器というものは白色がきれいだと言うこともあるが、その白の器自体をキャンパスのように使って絵を描くことができるという点も大きな特徴としてあげられる。

考えてみれば当たり前でもある。

いくらきれいだと言っても、同じような白い食器が数多くあっても有り難みがないだろう。

逆に、花や草などの絵や模様があるだけでも同じ皿でも使用者に与える印象は大きく変わってくる。

そこで俺はイラスト付きの食器を作ろうとしたのだ。

だが、いくら作っても、完成した品を見るといかにも素人が思いつきで描きましたと言うようなセンスのないものしかできなかったのである。

それでも喜んでくれたものの俺の中の満足度は決して満たされなかった。

母を喜ばせたい。

俺はこのとき、いつになくムキになっていたのかもしれない。

しかし、美的センスが今ひとつであるために先程の方法では俺が納得できない。

ならば、他に方法はないだろうかと考えたのだった。

白磁器に模様をつけて変化を出すことができないというのであれば、ほかの方法によって変化をもたらすしかないだろう。

もともと最初は土器みたいなものを作っていて、次に白磁器を作り上げたのだ。

ならば、白磁器以外の食器を作ろうということになった。

そこで俺の中に浮かんできたのが、ガラスの食器だった。

透明なガラスの食器は同じ皿でも全然印象が違うだろう。

成功すれば必ず喜んでくれるに違いない。

ガラスなんか作れるのかという疑問もあるが、以前どこかで海辺の砂からガラスを作るといった話を聞いたような気がする。

もちろん原材料はそれだけでは足りないのは明白だが、白磁器も土から作ることができたのだ。

やってみてもいいだろう。

ガラスの器として、俺の中ではコップが思い浮かべやすかった。

細長い円柱状で透明なグラスだ。

前世では毎日冷蔵庫から取り出した冷えたお茶をそのグラスに注いで飲んでいた。

その使い慣れた透明のグラスをしっかりと思い出しながら魔法を発動する。

そのへんの土へと混ざり込んだ俺の魔力が理解不能な原理で、しかし、いつもと同じように土に変化をもたらした。

こうして俺は、ガラス作りに成功したのだった。

◇◇◇

「坊主、ちょっといいか。話したいことがあるんだ」

ある日のことだ。

俺がガラス作りに成功してしばらくしたころ、再び村へと行商人がやってきてそう言った。

ちょうどいい。

こちらも新しい品を作り上げたばかりだ。

俺が行商人に売っているのはハツカの茎で作ったサンダルと、ようやく増産の軌道に乗り始めたかという魔力茸だ。

だが、サンダルは単価が恐ろしく安いし、魔力茸は少ししか取れない。

そこで、先日作った食器類を買い取ってもらおうと思っていたのだ。

「実はな、坊主の家で作っているレンガを売ってほしいんだ。最近新しい家を建てたんだろ？　かなり立派なものができたのをみたんだわ」

「はぁ？　家は昔からあるし、新しく建てたりしてないんだけど……。もしかして物置の事を言ってんのか？」

「え？　あのレンガ造りの建物が物置なのか？　いや、まあ物置だってんならそれでもいいんだ。とにかくあのレンガを売ってくれるように、親御さんに聞いといてくれ」

「別にいいよ。作りすぎて余ってるやつがあるし。それより、いい商品があるんだ。新しく食器を作ったんだ。買ってくれよ」

「ん～、食器か……。いや、今はレンガのほうがほしいんだよ。また今度見させてもらうよ」

「そんなこと言わずにさ。いいものだから絶対損しないよ。見てくれよ」

どうやら行商人のおっさんはレンガのことばかり考えているらしく、あまり食器に興味がないらしい。

だが、少なくともこの村では見たことのないような白磁器やガラスの食器は珍しいものだろうと思う。

俺は自信を持って新商品を見せる。

「ほう。これはすごいな。どれもきれいなもんだ。誰がどうやって作ったんだ？　坊主の家族にこういうものを作るのが得意な人がいるのか？」

「秘密。それより、これ、買ってくれるよな」

「ああ、いいよ。レンガと一緒に買い取らせてもらおう」

そう言って行商人との交渉が終わった、かと思っていた。

だが、家の近くに置いてあったレンガを積み終わり、精算になったとき、俺の予想とは外れた結果になってしまったのだ。

白磁器やガラスでできた食器ならば絶対に高く買い取ってもらえる。

俺はそう考えており、その考えを疑うこともしなかった。

だが、行商人がつけた金額は俺が思っていたよりもはるかに低かったのだ。

もっと高く買い取るべきだ。

そう言ったのだが結果はあまり変わらなかった。

これでも通常の食器よりも数倍の値段で買い取っているのだ、と言われてしまうばかりである。

こんなきれいなガラスのコップなら高くとも買い取ろうとする人がいるだろう、と反論したのだが駄目だった。

基本的にこの行商人が商売を行っているのは街と村に住む庶民である。

食器などにそこまで高い金額を掛ける人というのはそういないのだ。

ならば、お金持ち連中に売ればいいのではないかと思うが、そう簡単にはいかない。

富裕層は村を回って商売をしているような行商人をあまり積極的に相手にしてくれない。

長く付き合いのある商人としかやり取りしておらず、その間に入り込めないのだ。

向こうからすれば通常の数倍の値段で買い取るだけでもありがたいと思ってもらわないとやってられないと感じているのだろう。

いいものが売れるとは限らない。

どこかで聞いたような言葉が浮かんできた。

どんなに素晴らしい商品でもそれだけで売れるというわけではない。

むしろ、重要なのはいかに宣伝をしてその商品が売れるようにするかということになるんだったか。

ただ、ここではテレビも新聞もインターネットもない。

高価なものであれば狙いは貴族などの富裕層だろう。

その富裕層に買いたいと思わせるにはどうすればいいか。

多分一番の宣伝は「あそこの貴族家でも使用されている一品です」みたいな実績なのかもしれない。

だが、その実績を手に入れるために必要なコネが全くない状態。

これではいくら行商人に新商品のアピールをしたところで意味のないことなのだろう。

俺はがっかりと気落ちしながらも、今後もレンガの販売だけは続けることを約束したのだった。

「おう、坊主。約束通りの数を揃えておいてくれたみたいだな。助かるよ」

俺が魔法で作り上げたレンガを買い取っていった行商人。

彼が言うには、今レンガ市場が熱いらしい。

話を聞くと、どうやら街をぐるりと囲ってしまうような城壁を新しくしているところがあるようなのだ。

あればあるだけ買い取るぞ、と言ってきたのだった。

俺の中にあった高級食器を量産してウハウハという計画があっという間に消えさったこともあり、「レンガは今ならいくらでも買い取る」と豪語する行商人からせめて一泡吹かせてやりたいと考えた。

なので「今度来たときはこの数倍、いや十倍の数のレンガを用意しておいてやる」と言っておいたのだ。

どうやらこれまで真面目にサンダルを納品してきたためか、子どもの俺の言葉をまともに取り合わないなどということもなく、行商人側もしっかりと準備してきていた。

レンガというそれなりに重量のある品を持ち、移動するための運搬手段を確保して再び村へとやってきていたのだ。

「なんだこいつ……。バケモンじゃねえか……」

俺は行商人が用意してきた運搬手段のそいつを見て思わずつぶやいてしまった。

重たいレンガを人が背中に背負って運ぶようなことはさすがにできない。

そこで行商人はいつもよりも大きな荷車を持ってきていたのだ。

が、その荷車を動かすのは人間でもなければ馬やロバでもない。

ギョロリと釣り上がった目を光らせ、全身には鱗《うろこ》をまとい、手と足の先には鋭い爪を持つ二足歩行の生き物が荷車に繋がれていたのである。

その姿は大きなトカゲ、あるいはワニのようなものを後ろ足二本で立たせたかのような感じだった。

眼と眼があったかと思うとそいつが鼻よりも前へと突き出した口を開け、ギザギザの大きな歯が見えている。

万が一にも噛まれでもしたら死んでしまうだろう。

こんな生物は間違いなく前世の世界にはいなかった。

「はは、坊主は騎竜《きりゅう》を見るのは初めてか。どうだ、かっこいいだろう。レンガを大量に用意してくれるっつう話だったからな。力の強いコイツを連れてきたってわけさ」

「騎竜？　ってことは、こいつは竜なのか？」

「ん？　いや、本物の竜とは別だそうだぞ。コイツは使役獣《しえきじゅう》の一種だからな」

「使役獣？　なにそれ？」

聞き慣れない言葉を聞いたので質問する。

俺が荷車の上に乗り込み、地面にあるレンガを行商人が手にとり渡してくる。

それを受け取って崩れないようにきれいに並べるようにして積み込みの手伝いをしながら、行商人から使役獣について教えてもらった。

使役獣とはその名が示すとおり、人が使役する生き物である。

が、野生動物を捕まえて使役するというようなものではないらしい。

なぜなら使役獣とは人間が卵から育てるからだ。

使役獣の卵を肌身離さず持っていると、卵がその人が持つ魔力を吸収するらしい。

吸収したその魔力を糧《かて》に卵は成長していく。

そして、大きくなった卵から生き物が生まれるのだが、それは生みの親である人に対して非常に従順になるという特性があるらしい。

それだけではない。

使役獣は糧にした魔力によって成長の仕方が違うのだ。

今、目の前にいる使役獣のように二足歩行の爬虫類《はちゅうるい》のようなやつもいれば、全然姿かたちが違うものもいる。

つまりは卵を育てる人によってどんな姿の使役獣が生まれてくるのかが、全く違うらしい。

そのため、変わった使役獣や実用性の高い使役獣を育てることができる人は大変重用される。

逆に役に立たない使役獣しか育てられない人も多いらしい。

というか、卵から孵化《ふか》させられない人のほうが多いという。

騎竜というのは使役獣の中でも人気が高いもののようだ。

力も強く頑丈で勇敢さも持ち合わせているからとか。

実はこの世界ではマジモンの竜も存在しているらしいそうで、圧倒的な実力を持つ竜に似た外見をもつことも人気を押し上げる一因となっているらしい。

他にも持久力のある馬型のものや空を飛ぶ鳥型の使役獣なんかも人気が高いそうだ。

「ふーん。じゃあ、この使役獣ってのは買ったら高いんだ？」

「そりゃそうだ。財産って言ってもいいくらいだぞ。言っとくけど、いたずらするんじゃないぞ」

いや、するわけないし。

というか、ものすごくいいことを聞いた。

今は特需があるからいくらでもレンガを買い取るという話だったが、今後もずっとそれが続くとは限らない。

売れるものは複数確保しておきたいと思っていたのだ。

騎乗できる使役獣、あるいは重たい荷物を運ぶことができるタイプの使役獣は財産だと行商人が言うくらいだから、いつでも需要があるのだろう。

人によってどう育つかは全くわからないと言うが、それは逆にやってみなければ誰にもわからないということ。

ならば俺も使役獣の卵を育ててみたい。

うまく当たりを引ければ大儲け間違いなしだろう。

俺は行商人に使役獣の卵を次来るときに持ってきてもらうように頼むことにした。

そして行商人から明かされたその卵の値段。

――それはこれまでに稼いだ金すべてを注《つ》ぎ込んでギリギリ足りるかどうかという額だった。

第二章　使役獣

「もう、何を考えているの⁉　お金を全部使うだなんて信じられないわ」

俺は母親から説教を受けていた。

いまだ若く美しいマイマザーだが、実は怒るとかなり怖かった。

今回は、その中でも特別お怒りのようだ。

「いや、でも、うまく使役獣の卵を孵《かえ》すことができれば購入金額よりもお金が手に入るんだよ」

「何バカなことを言っているの。そんな簡単にうまくいくわけ無いでしょ？　もしそうなら、みんなお金持ちになっているわよ。はぁ……、将来のためにお金を貯めたいってあなたが言うから、ものの売り買いを許可していたけど……。男ってすぐに有り金全部使っちゃうんだから」

「大丈夫だよ。それに俺が自分で稼いだお金なんだから、好きに使ってもいいじゃん」

「何言っているのよ。あなたが使ったお金はみんなで作ったサンダルの売上もあったのよ。自分だけのお金じゃないってわかってないようね。決めました。今後、勝手にものを買うことは禁止します」

「ええっ、そんなのってないよ。ごめんなさい。許して‼」

「駄目よ。ちゃんと反省しなさい！」

地面に頭を擦り付けるように謝り続ける俺だったが、ついに母親の怒りは収まらなかった。

くそう、言ってることが正論すぎて反論しづらい。

って言っても、サンダルの売上金なんて雀《すずめ》の涙みたいなものじゃないかとも思う。

使役獣の卵の代金はほとんどが俺のレンガによって捻出されているのだ。

だが、それでももう少し考えて行動すべきだったかもしれない。

まあ、購入禁止令が発せられはしたものの、やりようはある。

どうせ、レンガを作るのは俺だし、それを行商人に売るのも俺が担当しているのだ。

ちょちょいと売上高をごまかして、へそくりを作るようにしよう。

それより、問題は卵のほうだろう。

使役獣というのはこんな田舎の農村でも知られているくらいの金策法、もといギャンブルだそうだ。

確かに母親の言う通り、そう簡単に有用な使役獣が生まれてくるというのであればみんなやっているに違いない。

というか、たいていの人は手を出して失敗するのだそうだ。

あまりにも失敗するケースが多いため、ひどいときには詐欺《さぎ》なんかもあるという。

どうせ、ほとんどは満足に卵から孵らないのだからといって適当な動物の卵を使役獣の卵として買わされたりなんかがあるという。

それでも極稀《ごくまれ》に何度も失敗を経験したあと成功するケースもあり、一攫千金《いっかくせんきん》を夢見て卵にお金を注ぎ続ける人もいるとかなんとか。

周りに卵を買い始めたやつがいたら注意しろという言葉もあるという。

行商人め、そこまで成功率が低いなんて聞いてないぞ、と心の中で愚痴《ぐち》る。

だが、すでに買ってしまったものは仕方がない。

最低でも孵化に成功させなければ……。

できれば少しでも役立つ使役獣が誕生してほしい。

俺は汚名返上できるよう、祈るように卵を手で包み持ったのだった。

◇◇◇

行商人から購入した使役獣の卵はスーパーで売っているごく普通の鶏の卵くらいの大きさだった。

ただ、表面に迷彩柄のような模様がついているのが違いと言えるだろうか。

基本的には卵が割れないように保管して、可能な限り身近においておくのがいいらしい。

理由は持ち主の魔力を卵が吸い取って成長するからだ。

どうやら魔力とは個人差が存在するようで、吸い取る魔力によって同じ卵なのに孵化するときに全然違った姿で生まれてくるらしい。

ちなみに複数人の魔力で卵を孵すことも可能だそうだ。

もっとも、その場合、同じ姿の使役獣を孵化させるのが難しいという欠点もあるのだとか。

とりあえず、安全に持ち運べるようにしておこう。

そう思って、俺はサンダル用に山積みになっているハツカの茎を手にとって編んでいく。

少しぶ厚めの網のようなものを作り、上の方でくくるようにしておけば卵入れのネットになるものを制作した。

これで上部の紐《ひも》を腰にでもくくりつけておけばいつでも持ち運べるだろう。

お尻で押しつぶさないようにだけ気をつけないといけないが。

「それにしても魔力ね。勝手に吸い取ってくれるみたいだけど、こっちから送り込んでもいいのかな？」

そう思って、俺は目に魔力を集中させた。

その状態で卵を見つめる。

迷彩柄の小さな卵はそれ自体にはまだほとんど魔力がないようだ。

だが、卵の表面には薄っすらと青い靄《もや》がかかっている。

どうやら、周囲から魔力を吸い取っているというのは本当らしい。

「魔力注入」

だが、あまりにも少量しか吸い取っていない。

そこで俺は魔法を発動させた。

【魔力注入】は魔力茸を栽培する際に原木に魔力を送り込むための魔法だ。

魔力を吸い取って成長するというのであれば、こちらから送り込んでもいけるかもしれない。

そう思っての行動だった。

俺の魔力が手のひらを通して卵へと移動していく。

どうやら、送り込んだ魔力をすべて吸収できたようだ。

卵そのものがそれまでよりも色の強い光を放つように変化していた。

どの程度、魔力を送り込むのが正解なのかはわからない。

それから俺は毎日卵の様子を観察しながら、魔力注入を行っていったのだった。

隠れ家でも作ろうか。

使役獣の卵に【魔力注入】を行いながら俺は考えていた。

先日、母親にお説教を受けたときのことを思い出していたのだ。

俺はまだ子どもであり、親の庇護下にあることは言うまでもない。

そのため、基本的に親に言われたように勝手にお金を使うというのはやってはいけないことに当たる。

だが、それ以上に問題があった。

それはこの辺の風習が、いかにも古臭いものだということにある。

家のことは家長である父親が握っており、すべての決定権は父にあるのだ。

それは俺の生まれた貧乏農家でも例外ではない。

父の決定は絶対的であり、そしてそれを長男が引き継いでいく。

母親や子どもたちは悪くいってしまえば、家長である父のものであり、従属的なものに当たるといってもいい。

そして、俺はこの家において長男ではない。

家を継ぐことができない。

農家の次男以下の連中は一生を父や兄の手足となって働くか、なんとか独立するしかないのだ。

もちろん、俺もそういった連中と同じになる。

身を立てる一番手っ取り早いのは兵士として戦に参加して手柄を立てることだ。

なかば強制的に連行されるようにして戦には連れていかれてしまうこともあり、どうせならばいい武器を手に入れておこうとお金を貯め始めたのだ。

だが、考えてみればまとまったお金が貯まったころに、「これは我が家のお金だ」などと言って没収されてしまう可能性がないこともない。

ならば、今のうちから独立を考えておいてもいいのではなかろうかと思ったのだ。

「よし、善は急げって言うしな」

こうして、俺はさっそく行動を開始したのだった。

◇◇◇

俺の生まれた村は周囲を木の柵で囲うようにして存在している。

そして、その外側には森が広がっていた。

特に山などはなく、基本的には平地になる。

前世の記憶から言えば森は山にあるというイメージが強かったが、どうやらここではそうではないということになる。

この村はかつて開拓村として切り開かれたことが始まりであると言われている。

鬱蒼《うっそう》とした森の木々を切り倒して開墾して畑を作り上げたのだ。

その当時は治世が安定していたらしい。

よそからも大量の人手を送ってもらい、木々を伐採して畑を作り上げることに成功した。

だが、時代が変われば状況も変わる。

現在では戦が絶えない時代になってしまい、以前よりも畑の面積は減り、村は現状維持が精一杯という有様になっている。

なんとか森が広がるのを阻止しながら、生活を維持し続けるのみとなっている。

だが、逆に言ってしまえば村の外の土地は現状誰のものでもなく、開墾すればそれを成し遂げたものの土地として認められるのだそうだ。

俺は村の外の森へと足を運び、どこを開墾していこうかと見て回ったのだった。

「とりあえず、この辺に隠れ家を作ってみるかな」

そうして選んだのは森の中を流れる小川の近くの土地だった。

背の高い木と草が生える中をなんとか通り抜けて来たところで、少しだけ開けた場所があったのだ。

ここに家を建てることにしよう。

「身体強化」

俺は全身の強化を行う呪文をつぶやく。

まだ子どもである体でも魔法を使って強化すればそれなりの力が発揮できる。

その力を利用して、周囲の木々に縄を巻き付けていった。

家を建てる場所を中心に、じゃまになりそうな木へと縄を巻き付け遠くの木へとその縄をくくりつける。

強化した力で木を引っ張るように縄をかけたのだ。

そして、その状態で木の根元へとしゃがみ込み、地面へと魔力を送り込んだ。

森のなかで育った木は地面へと深く、色んな方向へと根を張り巡らせている。

その根が伸びるすべての土をふかふかの柔らかい土へと変化させたのだった。

それまでがっしりと大地へと根を張っていた木が、足元から崩されてしまう。

さらに引っ張るように結ばれていた縄によってゆっくりとだが、確実に、ズズズっと音を立てながら木が傾いていった。

そうして最後にはズドンという大きな音とともに地面へと倒れ込む木。

俺はこうして建築予定の土地から木を根っこごと引き抜いていったのだった。

◇◇◇

「整地」

木が倒されて森のなかにポッカリと空いてしまった空間。

その木をまとめて端においてから別の魔法を使用した。

畑を整地するときに使った魔法で呪文名もそのままだ。

十メートル四方の土地が一気に真っ平らに変化する。

土の中に残った根っこの切れ端や土に生えている様々な雑草、さらにゴロゴロと転がる石や岩。

それらをひとまとめにして平らな地面へと変えてしまった。

我ながらものすごく便利な魔法を作ったものだと感心してしまう。

そして、その整地を何度か場所を変えながら行い、広々とした土地を確保してしまった。

「さて、こっからどうしようかな」

ここまでは順調である。

が、ここからの作業をどうしようかと考えてしまう。

建物ならば以前物置を作ったことがある。

それをもとに今回も隠れ家となるものを建てればそれで十分だろう。

だが、再びレンガを量産するというのも面白くない。

いや、面白いかどうかは別として、けっこう大変なのだ。

俺のレンガはきれいな長方形で、まるで積み木のように積み重ねていくだけでも結構しっかりとした建物を建てることができる。

だが、ものすごい数のレンガを魔法で作り上げて、それを積み上げ建物にするのはすごく大変なのだ。

できれば一発でポンと建物が出てくる魔法がほしい。

だが、かつて魔力がなくなり気絶したことを思い出すと下手なことはできない。

なぜなら、ここは家族のいる家の裏などではなく、村の外の森の中なのだから。

「そうか。別に家を建てる必要もないのか……」

しばらくウンウンと考えていたのだが、急に頭の中がスッキリした。

思い返してみれば、以前物置を作ろうとして失敗したのは、一気に土蔵を作り上げようとしたからではないかという単純なことだった。

俺の仮説では魔法に使う魔力の量は、作るものの体積・容積に関わってくるのだと思う。

つまり、建築物を一度の魔法で作ろうとした場合、内部の空間までもが魔力消費に関わってくるのだ。

当然、家や物置の場合、内部は空洞になっており、そのために魔力を消費するのは非常にもったいない。

ならば、話は簡単だ。

建物を一度に作るのではなく、壁ごとに作っていけばいいのではないか。

単純だがそれだけでも魔力の消費はぐっと減るに違いない。

俺は地面に手をついて目を閉じた。

深呼吸を繰り返して体内の魔力を練り上げる。

そうしながら、頭の中では完成図をイメージする。

基本は今まで作ったレンガをベースにすればいいだろう。

それを規則正しく組み上げて、それがひとつの壁となる姿を描き出す。

レンガを固定するためにレンガとレンガの間にはモルタルを用意し、崩れにくくする。

そして、そのイメージがまとまった瞬間、体内の魔力を地面の土へと馴染ませて魔法を発動させた。

こうして俺は極めて短時間のうちに、森のなかに隠れ家を作り上げることに成功したのだった。

◇◇◇

「でかくなってきたな。そろそろかな？」

俺は腰に下げていたネットに入った卵を見ながらつぶやいた。

それは使役獣の卵。

最初はスーパーで売っているMサイズの卵くらいの大きさだった。

だが、毎日卵の内包する魔力を見つつ、【魔力注入】なんかもしながら、卵を育ててきた。

そうして、今はもとの倍くらいの大きさにまで大きくなっていた。

卵の周りにある見える魔力ももとの薄青い感じから濃紺へと変わってきている。

そろそろ生まれるんじゃないかなと期待している。

「なにしているの？　もうすぐ出発するわよ」

そんな風に卵を見ていると、母が声をかけてきた。

どうやらそろそろ時間らしい。

俺は今年で六歳になる。

そして、六歳になると教会で洗礼式が行われるのだそうだ。

今日がその洗礼式というわけだ。

前世ではあまり教会などに行く機会というのはなかった。

多分前世であれば洗礼式に行くと聞いてもあまり嬉しく思うようなこともなかったかもしれない。

だが、今回は違う。

なんといっても、魔法が手に入るのだから。

俺が今まで使っていたオリジナルの魔法ではない魔法。

教会から授けられるのは日常生活で非常に役に立つものばかり、いわゆる生活魔法だ。

教会で洗礼を受けるとこの生活魔法が使えるようになるのだ。

かつて、人間はモンスターの影に怯えるように生活していた。

それが、モンスターのはびこる土地からモンスターを駆逐《くちく》し、人の生存範囲を増やし続けることに成功した。

今では人間同士で争ったりしてしまうほど、生活拠点を増やすに至っている。

それはなぜか。

人類躍進の原動力になったのが魔法だ。

特に生活魔法は非常に優れたものだった。

【照明】や【飲水】【着火】【洗浄】といった魔法が生活魔法にある。

どれも明かりをつけたり、飲み水や薪に火をおこすだけのごく小規模なものだ。

だが、この魔法を多くの人が使えるようになったことによって、人間の行動範囲が格段に広がった。

多分、原始人のような生活をしていたのが急に電気ガス水道を潤沢《じゅんたく》に使えるようになるようなものなのだろう。

おかげで、単体では強いモンスターにはかなわない人間であっても、数を増やし集落の規模を上げることで徐々に生存領域を広げていったのだ。

そういうわけで、教会は毎年六歳になる子どもを集めて洗礼式を行い、そこで生活魔法を授けるという流れになった。

教会はその際に信者を獲得でき、人々は生活魔法を手に入れられ、権力者は教会から住民名簿を得ることができる。

全員が利益を得られるシステムが出来上がっているというわけだ。

「うん、今行くよ」

俺は返事を返し、ウキウキしながら教会に向かって歩き出したのだった。

◇◇◇

村にある唯一の教会。

レンガ造りで三角形の屋根がついた、いかにもな造形をした建物にやってきた。

中へ入るとこれまたそこでそのまま結婚式を挙げられるかのようなベンチの置き方をした部屋がある。

いくつもあるベンチの向こうには学校の黒板の前のように低い段差があり、教卓のようなものがドンと置かれていた。

おそらく神父さんがあそこに立って説法などをするのだろう。

両親と一緒に適当なベンチに座って待つ。

それほど大きな村でもないからだろうか。

今年六歳になる子どもは十人もいなかったようだ。

おそらく全員が揃ったであろう頃を見計らって神父さんとシスターが奥の扉から入ってきて、段の上に登り、座っている俺たちを見渡すようにぐるりと視線を巡らせた。

「それでは、ただいまより洗礼式を始めます」

神父さんがそう言って、まずは教会の成り立ちを話し始める。

だいたいは、人類がいかに苦難の歴史から教会によって救われ、今のように繁栄してきたのかを書物を紐解きながら説明していく。

娯楽の少ないこんな村ではこういう話を聞くだけでもいい刺激にはなるのだが、いかんせん俺でも知っている話が多い。

だが、この村にいる神父、彼はまだ比較的若いにもかかわらずユーモアを交え、飽きさせないように話を聞かせる話術を持っているらしかった。

まるで実際にその目で人類の歴史を見てきたかのように臨場感《りんじょうかん》あふれる話しぶりで、集まった子どもたちは目をキラキラさせてその話を聞き続けたのだった。

「さて、それでは最後に命名の儀を執り行います。順番に一人づつ案内するので、奥の部屋へとくるように」

そうして、結構な時間を話し続け、みんなの心を引きつける話をやり終えた神父さんがそう言う。

これから命名式が始まるらしい。

命名の儀とはその名の通り名付けの儀式だ。

実は俺にはいまだに正式な個人名がなかった。

ここでは六歳になって初めて教会から個人を指す名前をもらうからだ。

今まではどこそこの何番目の子どもという呼び方をされていたのだ。

ちなみに家族からは三男坊と呼ばれていた。

初めてこのことを知ったときはなんと不便なのだろうと思ったが、そういう決まりだと言われてしまえば仕方がない。

だが、生まれたときに付けられた名前ならばまだしも、この年齢になってへんてこな名前を付けられたら怒るやつもいるんじゃないだろうか？

名前無しでここまで生活する方も大変だが、名前を付ける側も結構面倒なんじゃないかと思ってしまうのは俺だけだろうか。

と、そう思っていると俺の番が来た。

両親とは別れて一人で奥の扉へと向かう。

通された部屋には中央に重厚な木でできた机が置かれており、その向こうに神父さんが座っている。

そのまま、机越しに向かい合うようにして用意されている椅子に座った。

「それでは今から命名の儀を執り行います。この命名によってあなたは主の加護を受け、魔法が使用可能となるでしょう。しかし、この魔法はあくまでも人々の生活を豊かにするために授けられるものです。それをみだりに悪用したりしないと誓うことができますか？」

「はい。誓います」

「よろしい」

定型文のような注意事項を言われ、それに同意する。

すると、神父さんが机の上にある本に手をかけた。

どうやらかなり貴重な本のようだ。

羊皮紙でできた本のようで表紙の周りは金属で補強されて宝石などで装飾されている。

その羊皮紙の本を両手で持ってゆっくりとページをめくった。

ずいぶん重たそうだが、植物紙の本はないいんだろうか。

本を開けるとそこには細かな文字の羅列が存在している。

……もしかして、この本って名前辞典とかか？

なんとなく本の中身を見てそう思ってしまった。

毎年人の名前を付けているとするとどうやって名前を選んでいるのか疑問だったので、なおさらそう見えてしまう。

それはあながち間違いではなかったのかもしれない。

神父さんの視線がとある文字に定まったかと思うと、儀式が進行したからだ。

「アッシラとマリーの三番目の子よ。汝《なんじ》を聖光教会司祭であるパウロが命名する。汝はこれよりアルスとして、主とともに誠実に清廉《せいれん》を是《ぜ》として励み、生きよ。さすれば、主は汝に加護を与え、見守ってくれるでしょう」

パウロ神父が儀式の言葉を紡いでいく。

そのとき、俺はふと気になって魔法を発動した。

体内に練り上げた魔力を目に集中させたのだ。

右手を本に添えながら、左手を俺の方へと伸ばして儀式の言葉を紡いでいくパウロ神父。

その手には神父の体から魔力が集まっている。

それを見て、俺はふと思った。

もしかして、これって魔法の発動前の準備なのではないかと。

俺が地面へと手をついて土に魔力を送り込むように、今まさにパウロ神父は手のひらに魔力を集中させて何らかの魔法を発動させようとしているのではないかと思ったのだ。

そう思い、魔力の動きを注意深く観察する。

すると、パウロ神父の手に集まっていた魔力が形を変えた。

俺が今まで自分では試したことがなかった技法を神父が使っているのだ。

魔力が手のひらから溢れ出すように空間へと広がり、形を作っていく。

それは円を描き、その円の内部に複雑な記号を書き込んでいく。

これはどう見ても魔法陣なのではないだろうか。

「記憶保存」

その魔法陣を見た俺は神父には聞こえないように小声で声を発した。

これは俺が開発したオリジナル魔法だ。

目に魔力を集中させると本来見えない魔力の流れが見える。

ならば、目ではなく脳に魔力を集中させたらどうなるのだろうかという疑問から生まれた魔法だった。

結果は、瞬間記憶の魔法となった。

覚えておきたい記憶をきっちりとインプットできる、ただそれだけの魔法。

だが、それが今回は役に立った。

恐ろしく複雑な魔法陣は普通であればひと目見ただけでは正確に覚えられない。

しかし、この魔法を使用したことによって瞬時に、完全な記憶として保存することができたのだ。

「ウ……」

そして、俺が魔法陣を記憶した瞬間、その記憶とは別に新たな情報が脳へとインプットされた。

生活魔法の情報。

それまでいくら練習しても使えなかった、【照明】や【着火】などといった魔法が不思議と使えるようになったことが理解できた。

こうして俺は生活魔法を手に入れた。

そして、それと同時に、普通は知らない洗礼式における魔法陣の存在まで知ってしまったのだった。

◇◇◇

「ありがとうございました」

俺や両親、そして俺たちと同じように洗礼式に参加した村の人間が神父とシスターに礼をしながら教会をあとにする。

洗礼式が終わってすぐに、新たに魔法を使えるようになった子どもたちが魔法を使い始めた。

当然、そこには興味本位という意味合いしかなく、それぞれの親に怒られたりしていたわけだ。

だが、俺はそれを見ながら自分でも生活魔法を発動させてみた。

結果としてわかったことがある。

それは生活魔法というのはすべて画一的なものだということだ。

例えば【照明】と唱えて出てくる光はすべて同じ明るさと大きさをしており、効果時間も変わらない。

【着火】や【飲水】といったものも魔法を発動させると出てくる現象の規模はみな等しいのだ。

どうやらこれは生活魔法を覚えたばかりの子どもと使い始めて長い時間が経過している大人を比べても同じようだった。

俺自身、どれほど魔力を練り上げて効果を高めようとしてもなんの変化も見られなかった。

これが意味することは、【着火】という生活魔法を極めて火炎放射器のような魔法にしたりといったアレンジができないということになる。

正直ちょっとがっかりという気がしないでもない。

今まで火や水といったものを魔法で出せなかったことから、もしかしたら生活魔法を手に入れればその問題も解決するかもしれないと考えていたからだ。

俺の淡い希望は打ち砕かれたと言ってもいいだろう。

まあ、残念だったが仕方がない。

生活魔法を改良するという考えは一旦忘れることにしよう。

なぜなら、この洗礼式ではもう一つの収穫があったのだから。

パウロ神父が使っていた魔法陣。

もしかしたら、魔法陣にこそこの世界の魔法の深淵を見通す可能性があるのではないかと心躍らせて家路に着いたのだった。

◇◇◇

「だめだ、全くわからん」

【記憶保存】というオリジナル魔法を用いてパウロ神父が使った魔法陣を完璧に覚えたのはよかった。

だが、よくわからない記号がところ狭しと書き込まれたような魔法陣を解読することができずにいる。

というか、よく考えれば俺はこの世界の文字をまともに知らない。

今までは飯を食うことを第一に、そしてその目的を達成するために魔法の研究をするというの繰り返してきていた。

まともに書けるようになったのは自分の名前であるアルスという文字だけだった。

魔法陣に刻み込まれている記号が現在でも使われている文字なのかどうかすらよくわかっていな

いのだ。

どうしたものだろうか。

そんな風に俺が隠れ家として作った森のなかの家で考え込んでいるときだった。

ピキピキピキ。

そんな音が聞こえてくる。

最初はなんの音なのかわからなかった。

だが、俺の腰のあたりから音が聞こえてくる。

そう気がついた俺は体を回すようにして自分の腰元を見た。

「おお、ついに生まれるのか」

腰に巻きつけていた使役獣の卵を入れたネットの中。

そこが、謎の音の発信源だった。

ピキピキと音を鳴らして卵の殻にヒビが入っていたのだ。

これは別に俺が踏んづけてしまったわけでもなんでもない。

内側から外に向けて力を加えるように卵にヒビが広がり、ポロリと殻のかけらが床へと落ちたのだった。

慌ててネットから卵を取り出して部屋の中央の床へと置く。

このころには卵はもとの大きさよりも倍以上に膨らむように大きくなっている。

ソフトボールよりも少し小さいくらいかなといった感じだろうか。

どんな使役獣が生まれるのだろうか。

ワクワクしながら卵の殻が割れる様子を見続ける。

「……長いな。割るのを手伝ったりしたら駄目かな？」

中にいる使役獣は思ったよりも卵を割るのに苦労していたようだ。

なかなか出てこないので、本当に大丈夫なのだろうかと不安になってしまう。

だが、その心配も杞憂だったようだ。

長い時間待ったかいがあり、ようやく使役獣が自力で殻を割り、そこからその姿を見せたのだった。

白い毛が全身に生えた四足の動物。

頭には小さいが立派な角が生えている。

角は二本あった。

それは真っ直ぐではなく、二回ほど直角に近い角度でクネクネと曲がっている。

まるでトナカイのような角の生え、モコモコと柔らかそうな白毛が全身を覆う小さな生き物。

それが俺の魔力から生まれた使役獣の姿だった。

「クウ～」

生まれたばかりの使役獣が鳴き声を上げた。

よかった。

あまり大きな声ではないがこれが産声かと思うとホッとした。

使役獣は卵から孵らないケースも存在するとしってから、密かに心の奥底で不安をつのらせていたのだ。

生まれてきてくれてよかったと心から思う。

そんな使役獣だが、どうやら頭に生えた二本の角を使って卵の殻を破ったようだ。

軽く頭を振って角についていた卵の殻をふるい落とす。

そして、次に足を震わせながらその四本の細い足で立ち上がろうとした。

だが、生まれたばかりの小さな体では立ち上がるのも大変なのだろう。

まさに生まれたばかりの子鹿のように足がプルプルと震えてしまっている。

「頑張れ！」

なんとか必死に立とうと力を振り絞っている姿を見ていると、自然と声が出てしまった。

両手をグッと握りしめて頑張れ頑張れと声をかけ続ける。

その応援に応えるかのようにグッと力を入れてビシッと立ち上がることに成功する使役獣。

まるで「どうだ」と胸を張るかのように顔を上げて自慢の角を天に突き立てるようにするその姿を見て、思わず拍手をしてしまった。

やはり動物はいい。

今まで野菜を育ててきたが、やはり生き物が懸命に生きている姿を見るというのは心を揺り動かされるものだ。

思わずそんなことを思って感動すら覚えてしまった。

「キュウ？」

そんな俺を見て、どうしたんだろうと首をかしげる使役獣。

なんでもないよという風にジェスチャーで示しながら、俺は改めてその使役獣を観察し始めた。

頭に生えている角の数は二本だ。

真っ直ぐなものではなく、幾度か曲がったり、枝分かれしたような形をしている。

ただ、横幅がある角なので鹿よりもトナカイのような角だという印象を受けた。

体には毛が生えており、その毛は白い直毛だ。

今は卵から孵ったばかりで卵白のような透明なドロッとした液がついているが、それがなくなればサラサラとした毛を楽しめるかもしれない。

そして、体は四足歩行で馬のような体型をしているように感じる。

前世ではトナカイを見たことがないが、トナカイや鹿よりもサラブレッドタイプの馬のような体型に近いのではないかと思う。

現状では手のひらに乗ってしまいそうなほどの小ささなのだが、成長して大きくなってくれれば荷物運びくらいできる可能性もあるだろう。

ただ、俺の知る馬の姿はあまり全身に毛が生えているものはいなかったように思う。

果たしてコイツは馬と呼ぶべきかトナカイと呼ぶべきか。

などと考えていると、俺の顔を見ていた使役獣が別の行動をし始めた。

床に転がったままになっている卵の殻を食べ始めたのだ。

一瞬、そんなものを食べて大丈夫なのか、と疑問に思う。

ただ、それを食べるのは当たり前だと言わんばかりの行動だったため、とりあえずそのまま様子を見続ける。

「って、そういえばコイツって何を食べるんだろ?」

バリバリと卵の殻を噛み砕きながら食事をしていく馬もどきを見ながら、新たな疑問に行き当たった。

卵の殻はもうすぐ無くなりそうだ。

使役獣は卵が吸い取った魔力を糧《かて》にして生まれるという特殊な生態をしているが、生き物であることには違いがない。

そして、問題になるのが生まれてきた使役獣はそれぞれ異なった生態をしているらしいことだ。

行商人などに聞いた話では騎竜は肉食だという。

わりと燃費がいいほうらしいが、毎日肉を与えないと当然死んでしまう。

だが、すべての使役獣が肉食なのではないのだそうだ。

生まれてきた使役獣はそれぞれ食べるものが違ってくる。

本当に別種の生き物といった感じになるらしい。

使役獣の卵がギャンブルに近いというのはこのことも関係してくる。

一発逆転の金儲けを考えて使役獣の卵に手を出し、運良く卵が孵ったものの、エサ代を稼げなくて育てられないという失敗例もわりと多いのだそうだ。

気持ちはわかる。

ぶっちゃけ貧乏農家の俺も毎日肉を食べるなんて贅沢な暮らしはできないのだ。

それを売れるかどうかも定かではない使役獣の幼獣に与えることができるかと言うと、現実的に厳しい問題である。

果たしてコイツは一体何を食べるのだろう。

そう思っていると幼獣が卵の殻を食べ終えたようだ。

口の中に残った一欠片も残さないようにきれいに食べきっている。

やはりお腹が空くのだろう。

というか、今ここでお乳を要求されたらどうしようか。

もちろん俺に母乳を出す肉体も能力も魔法もない。

慌てる俺に対して幼獣がトテトテと近づいてきて、座っている俺のズボンに頭をスリスリと擦り付けてきた。

なんだ？

一体何が言いたいんだ？

謎の行動に驚いたが、実際はなにかを要求してのことではなかったようだ。

頭をスリスリと擦り付けたあと、視線を俺に向けて「クゥ～」と鳴き、再び頭を擦り付けてきた。

どうやら単に甘えているのか、あるいは親愛の証のようなものだったようだ。

かわいい。

しばらく俺に甘えたあと、今度はあぐらをかいている俺の足の上によろよろと登ってきて、その

まま足の上で眠ってしまった。

何だこのやろうかわいすぎだろ。

どうやら生まれたばかりの使役獣は見事に俺になついてくれたようだった。

まあ、いろいろと気になることはあるが今はおいておこう。

俺はあれこれ考えるのをやめて、足の上で眠る幼い使役獣の背中を撫でることにしたのだった。

◇◇◇

カリカリ、モシャモシャ。

森のなかにある俺の隠れ家の中でそんな音が鳴っている。

音の発信源は先程まであぐらをかいた俺の足の上で寝ていた使役獣だ。

使役獣は結構長い時間寝ており、起きてきたらグーッと背中を伸ばすノビをしてから床に降り立った。

そして、キョロキョロと周りを見渡したあと、部屋のすみへと移動したのだ。

隠れ家は森のなかに作ったレンガ造りの家だ。

だが、木を切り倒して得た土地の面積からすると作った隠れ家の大きさはさほどでもなく、ほかにも土地が余っていた。

そこで、空いたスペースは【土壌改良】の魔法によって畑へと姿を変え、すぐに育つハッカを植えておいたのだ。

数日で育つハツカは収穫したあと隠れ家の中へ置いておいた。

どうやら目を覚ました使役獣はそのハツカを発見して近づいていったようだった。

「お前、それが気に入ったのか？　たくさんあるから好きなだけ食べていいぞ」

俺がそう言うとキュウと鳴き声を上げ、使役獣は再びハツカへと口をつけた。

どうやらコイツは草食系らしく、ハツカを美味そうに食べている。

よかった。

もしも肉しか食べないとなったらどうしようかと悩んでいたくらいだ。

それに比べたらハツカならばいくらでも用意できる。

俺なら生でハツカを食べればウッと顔をしかめてしまいそうな苦味に苦しめられるが、そんな様子もない。

メインの食料としてもいいのではないだろうか。

使役獣育てがエサ代による経済破綻につながらなさそうなことになってホッと一息ついたのだった。

◇◇◇

「うーん、大きくなったな。どうやったらそんな急成長するんだ？」

使役獣が生まれてから十日ほどが経過していた。

なんということでしょう。

生まれたときには手のひらに乗る程度の大きさしかなかった使役獣が、今ではこんなに大きく成長したではありませんか。

頭から生えた立派な角が生えた使役獣は僅かな時間で大の大人が乗っても平気なほど大きくなっているではありませんか。

あまりに見事な肉体。

筋肉ががっしりしたトナカイの角が生えた馬型の白毛の獣。

その毛はまるでシルクか何かのように触れるとサラサラとして、陽の光が当たるとキラキラと輝いて見えるほどだ。

遠目から見てもその存在感は半端なものではない。

これは確実に売れる。

誰がどう見てもそう思うに違いないだろう。

だが、売る前にやってみたいことがあった。

「よし、これからお前に名前を付けてやろう」

実は使役獣が生まれてからこれまで名前を付けていなかった。

正直なところ、名前を付けたら感情移入しすぎるかもしれないとか考えてしまったのだ。

売るときもそうだが、万が一死んでしまったりしたら相当へこみそうだと思っていた。

だが、ここまで成長すればさすがにすぐ病死したり餓死するようなことはまずないだろう。

売るときはもしかすると泣くかもしれないが、まあ食用家畜のように屠殺《とさつ》してしまうようなことをするわけでもない。

名前を付けてやってもバチは当たらないだろう。

それに名前を付けたいと考えているのには他にも理由がある。

それは俺が洗礼式での命名の儀で見た魔法陣が原因だ。

パウロ神父は俺に向かって突き出した手のひらから魔力で紡いだ魔法陣を使って名付けをしていた。

そして、その後に俺は名前と一緒に生活魔法を手に入れたのだった。

だが、その生活魔法がずっと気になっていた。

あれをパウロ神父は主の加護によって得られるものと言っていたが、どうも違うもののような気がする。

名付けが終了した瞬間に生活魔法の呪文名とその使い方や効果などが、なんの説明もないのに理解できていたのだ。

なんというか、あれは頭の中に直接説明書というかプログラムを書き込まれたかのような、そんな印象を受けていたのだ。

もしそうだと仮定すると、使役獣に魔法陣を使っての名付けをすればどうなるのだろうか。

俺の興味はそこにあったのだ。

生活魔法の中でも特に【飲水】は地味だがすごいものだと思う。

前世ではいつでもどこでも水を飲める生活をしていたからなんとも思わなかったが、この世界に来てそれはすごいことだとわかった。

そのへんの生水を飲むと結構簡単に下痢のような体調不良を起こすことがあるのだ。

下痢は危険だ。

冗談抜きで医療機関などまともにない状況では死に繋がりかねないのだ。

本来なら汚れを取り除き、火で水を沸かして飲まなければならない。

だが、生活魔法の【飲水】があればその手間が省けるのだ。

魔力を瞳に集めて使役獣を見てみたところ、こいつも魔力を持っているということがわかっている。

うまく成功すれば自分で自分の飲み水を用意することも可能になる。

【着火】の存在が怖いが、どうしても試してみたかったのだ。

だって、この魔方陣を使って勝手に村の人間に使って名付けしていくというわけにもいかないのだし。

大丈夫だ。

何か問題が発生したときは、そのとき考えよう。

失敗する可能性もあるわけだし……。

こうして俺は、大きく成長した使役獣へと名前を付けることにしたのだった。

どんな名前がいいだろうか。

俺は成獣になった使役獣を見ながら考える。

自慢にもならないが、ネーミングセンスはあまりいいとは言えない。

せめてそれなりの名前を付けてあげたい。

そう考えるとパウロ神父の持っていた名前辞典（推定）の本のようなものはすごく助かるだろう

なと思ってしまう。

角のある馬のような体をした動物。

それが俺の使役獣の姿を端的に表したものだ。

となると思い浮かぶ名前はユニコーンだろうか？

だが、ユニコーンは確か角は一本で真っすぐ伸びた長いのが特徴だったように思う。

コイツは二本も角があるし、真っ直ぐでもないからあんまりユニコーンっぽいとは言えないような気がする。

一角獣がユニコーンだったが、二角獣は確かバイコーンとか言ったのだったか？

それをヒントにひねった名前を考えるがあまり思い浮かばない。

そこで連想ゲームでイメージする。

バイコーン……バイ……ヴァイ……ヴァイキング……。

ヴァ……ヴァ……ヴァ……。

……ヴァルキリー。

ヴァルキリーなんてどうだろうか？

確か神話に出てくる戦女神のことを指す言葉だったはずだ。

使役獣は全身に白毛が生えており、陽の光が当たるとキラキラ輝いて銀色に見えたりもする。

そのためか、どことなく神聖な生き物っぽく見える。

結構いいんじゃないだろうか。

「お前の名前、ヴァルキリーなんてどうかな？」

「キュイ！」

俺が使役獣に問いかけると、目を合わせながら首を縦に振って返事をしてくる。

賢いやつだ。

こちらの言語をある程度理解しているのかもしれない。

この感じならあまり嫌がっているというふうでもないのでこれにしようか。

「よし、それならこれから命名の儀を始めるぞ」

そう言って俺は使役獣に名付けを行ったのだった。

◇◇◇

眼の前に使役獣を座らせて、その前に立つ。

そして、【記憶保存】の魔法で覚えた魔法陣を頭に浮かべる。

最近は息をするかのごとく自然に行うことができるようになった魔力の練り上げだが、今回は慎重に、繊細に行っていく。

目を閉じて何度も深呼吸を行い、大気に浮かぶ魔力を体内へと取り込み、お腹のあたりでしっかりと自身の魔力と練り合わせる。

スーハーと深く呼吸を繰り返しながら、ひたすら魔力の濃度を上げるように意識する。

そうしてできた魔力を体内に行き渡らせ、その魔力によって俺という器を魔力で満タンに満たした。

そして、その状態を保ちながらゆっくりと魔力を手へと移動させる。
単に手に集めるだけではなく、右手の人差指へとすべての魔力を集中させた。
そうして集めた魔力を徐々に体外へと放出していく。
だが、ただ単に外へと魔力を出すだけではなく、その場に留まるように意識する。
これが思った以上に難しい。
気を抜けばあっという間に魔力が霧散してしまいそうなのだ。
全身からじっとりと汗が吹き出してくる。
ここが集中のしどころだ。
俺はフーっと息を吐き出しながら次の工程へと移動した。
指先から出した魔力を糸状にし、それを動かして魔法陣を描いていく。
脳みそが破裂しそうなほど頭に血が上っているのがわかる。
体内で魔力を移動させるときと比べて格段に負荷が大きいからだ。
だが、焦ってはいけない。
記憶した通りの魔法陣を寸分違わず再現する。
どれくらい時間がかかったのだろうか。
すでに全身はビッチャリと汗ばんで、喉はカラカラ。
しかし、そんな苦労のかいあって、俺は魔法陣を作り上げることに成功していた。
だが、もう限界が近い。

俺は最後の力を振り絞るようにして、使役獣へと告げた。

「命名、お前はこれからヴァルキリーだ」

俺がそう言ったときだった。

指先に描いていた魔法陣が一際光ったかと思うと、すぐに収まる。

そして、次の瞬間には魔法陣は虚空へと消え去っていた。

ゼーハーと息を切らして床へと膝をついてしまう。

思った以上に負担が大きい。

これで失敗していたら目も当てられないぞ。

しばらく呼吸が整うのを待って、俺はヴァルキリーの名付けが成功したのかどうかを確認することにした。

「よーし、じゃあ魔法を使ってみようか、ヴァルキリー」

「キュイ！」

命名を終えた俺がそう言うと、ヴァルキリーが返事をしてのそりと立ち上がった。

相変わらずでかい。

子どもの俺では見上げるような高さに顔がある。

そう思って立ち上がったヴァルキリーを見ていると、そのまま外へと移動していった。

どうやら隠れ家の外で魔法を披露するらしい。

確かに家の中で火を使われるよりもいいだろう。

俺よりも気が回る頭のいい子だ。

そのヴァルキリーの後を追って俺も隠れ家の外へと向かった。

レンガで作った隠れ家の外は広々としている。

もとは森の中だったというのに、まっ平らな土地へと整理されてしまい、現状では畑が広がっているからだ。

ただ、そうは言っても畑の外は森に囲まれた状態だ。

あたりを見渡してみても誰もいない。

そんな風に周囲を確認してから、いよいよヴァルキリーによる魔法のお披露目が始まった。

「キュー」

馬の姿だが可愛らしい声を上げるヴァルキリー。

きっと今のは呪文を唱えたのだろう。

ヴァルキリーの鳴き声とともに、その前方には光の玉が飛び出した。

まだ日光のある真っ昼間だが、それでもその明かりが十分に明るいことが見てわかる。

これは紛れもなく生活魔法にある【照明】だろう。

「すごいぞ、ヴァルキリー。ちゃんと魔法を使えてるじゃないか。よし、他のも使えるかどうか試してみてくれ」

どうやら無事に命名の儀には成功していたようだ。

単に呼び名をつけるだけではなく、きちんと命名ができたようで魔法を使用可能となっている。

そのことが嬉しくて、俺はピョンピョン飛び跳ねるようにして喜びながら指示を出した。

【照明】の他の生活魔法を次々と披露していくヴァルキリー。

【着火】や【飲水】、【洗浄】といった魔法も全く問題なく使っている。

見ていると、どうやらやはり生活魔法の発現規模は統一されたもののようで、俺が使ったときと同じもののようだ。

だが、俺がのんびり観察できたのはここまでだった。

「クゥ!」

ヴァルキリーが更に魔法を発動させたのだ。

それは生活魔法には含まれていない魔法。

俺だけのオリジナル魔法。

ヴァルキリーは俺の目の前に魔法でレンガを作り上げたのだった。

◇◇◇

「どうなってんだよ、これ」

新しく作られたレンガを見た俺はあまりのことにしばらく呆然としてしまった。

だが、その間にもヴァルキリーは次々と魔法を披露していく。

一瞬で土地を均す【整地】。

畑の土を良質な土へと変える【土壌改良】。

瞬時にレンガを作る【レンガ生成】。

そして、見た目にはわかりにくいが魔力茸を作る際に原木に魔力を送り込む【魔力注入】や【身体強化】も使ってみせた。

俺にはわからないが、多分もう一つ見せてくれた魔法は【記憶保存】ではないだろうか。

すべて、俺が独自に作り上げた魔法のはずだ。

少なくとも教会の洗礼式のときに、名前を授かった他の子ども達は生活魔法しか使えなかったことはわかっている。

もしかして、魔法陣に何らかの誤りがあったのか？

それとも、命名の儀のやり方自体に違いがあるのか。

とにかく考えてもわからないことばかりだ。

だが、他に気づいたことがある。

それは、ヴァルキリーが使える魔法は俺が呪文名を付けたものしかないということだ。

例えば、俺はヴァルキリーが使った以外のものとして白磁器やガラスでできた食器を魔法によって作ることが可能だ。

だが、母親にプレゼントした分以上のものは必要なかったため、量産することもなく、魔法も呪文化していなかった。

そのためだろうか。

俺がいくら説明して、実演して見せてもヴァルキリーは食器づくりができなかったのだ。

まぁ、馬型の使役獣であるコイツにとってそんな魔法はいらないだろうけど……。

そしてもう一つ、呪文化について気になる点がある。

それは魔法の効果そのものについてだ。

例えば【整地】という呪文を唱えて魔法を発動すると、十メートル四方の土地を平らに均すことができる。

だが、俺は呪文を使わずに整地することも多い。

その時は、どのくらいの土地を均すのかを頭の中でイメージして、それにあった魔力を消費して魔法を発動させている。

こうすれば一度の魔法で更に広い範囲を整地することもでき、移動する手間がないぶん便利なのだ。

だが、このイメージと魔力消費量を変えて自在に効果範囲を変更する、ということがヴァルキリーにはできなかったのだ。

あくまで俺が呪文化する際に固定化していた広さしか魔法の影響を及ぼすことができない。

なので、【身体強化】で体の動きを良くすることはできても、魔力消費量を増やして更に身体機能を底上げするといったこともできない。

俺のように目や手足に魔力を集中させて、その部位を強化するといったことも無理なようだった。

こう考えると一つの仮説が成り立つのではないだろうか。

命名をすると魔法が使えるようになる。

ただし、それは生活魔法のみにとどまらず、命名主の持つ呪文をインプットされ、その呪文を勝手には改変できない。

こう考えると俺が生活魔法を好きなようにカスタマイズできなかったことに説明がつく。

やはり、洗礼式における命名の儀は神の加護というよりは、違うシステマチックなものによるものだと思ってしまう。

しかし、そうなると問題も出てくる。

ヴァルキリーのことだ。

名前を付けただけで魔法を覚えさせられるのに、それを神の加護と説明しているのだ。

そんな中に生活魔法どころか俺のオリジナル魔法まで使えるコイツを使役獣として商売の種にしても大丈夫だろうか？

一度、そのへんのことも確認しておく必要があるかもしれない。

魔法を披露して、「褒めてー」と言わんばかりに角の生えた頭を俺に突き出してくるヴァルキリーに対して、よしよしと撫でながら今後のことについて考えるのだった。

「坊主、じゃなかった。アルスだったたか。使役獣が魔法を使えるかだって？　変なことを聞くやつだな」

俺は疑問に思っていたことを次に行商人がやってきたときに思い切って聞いてみた。

まだレンガの需要は落ちていないようで、作った分だけ売れている。

俺の質問を聞いた行商人は自分が連れてきた荷車を引く二足歩行のトカゲ型使役獣を撫でながら答えてくれた。

「さあな、そんなこと俺は聞いたことないが……。多分いないんじゃねえかな」

この世界へと転生してきて感じるのが情報の貴重さだ。

田舎の村に生まれ住んでいる俺では知らないことが多い。

だが、俺よりもあちこちを歩き回って商売をしている行商人が聞いたことがないというのであれば、おそらくそれは正しいのだろう。

もしかすればどこかに魔法を使用可能な使役獣がいるのかもしれないが、少なくとも一般的ではないということだ。

「って、そんなことを聞くってことは使役獣の卵が無事に孵ったのか？」

「うん。俺のは馬型だから荷物運びできるよ」

「そりゃあいいな。アルス、ちょっと見させてくれよ」

行商人が食いついてくる。

これまで見たことがないような笑顔だ。

まあ、いいだろう。

ヴァルキリーにはとりあえず人前ではむやみに魔法を使用するところを見せないようにといい含めている。

さっそく俺はヴァルキリーを呼びに行ったのだった。

◇◇◇

「コイツはいい。すごくいいぞ、アルス。荷運びができるってのもいいが、それ以上に見た目がいい。白色っていうのはお偉方が好きな色だからな」

「よかった。だけど、ヴァルキリーは売らないつもりだよ」

「ヴァルキリー？　コイツはヴァルキリーっていうのか。でも、なんで売らないんだ？　お前、もともと金がほしいって言って使役獣の卵を全財産で買ったはずだろ」

「そうなんだけどね。やっぱり愛着が湧いちゃって。この子は手元に置いておきたいなって思ってるんだ」

ぶっちゃけ愛着よりも魔法が使えるという点が気になるというのが本音だ。

ただ、手元に残しておきたいというのも正直なところだ。

使役獣という特性からかヴァルキリーはこちらの言うことをすごくよく聞く。

更に、子どもの俺よりも力がある。

労働力として考えてもいてくれたらすごく助かるのだ。

そんな俺の意見を聞いて行商人が考え込んでいる。

しばらく、うーんと顎に手を当てて思案していたが、よしと頷いてこちらを見据えてくる。

「わかった。それなら、俺と取引しないか？」

「取引？　なんの？」

「使役獣のことだよ。実はな、俺は今手元に使役獣の卵を五個ほど持っているんだ。こいつをお前に譲ってやろう」

「そんなことしてもいいの？　安いものじゃないでしょ、使役獣の卵って」

「もちろんタダでとは言わない。俺は商人だからな。取引の内容っていうのはこうだ。俺がお前に使役獣の卵を提供する。そして、その卵をお前が孵化させて育てる。そうしたら、その使役獣は俺が買い取るっていう取り決めだ」

「えーっと、要するに卵をやるから使役獣の売り買いを独占させろっていうことかな？」

「理解が早くて助かるぜ。そういうことだ。お前の使役獣なら買い手に困ることもないだろう。なら最初に損をしても十分もとが取れるさ。知らない仲でもないしな」

そう言ってグッと親指を立てながらに買っと笑う行商人。

どうやら大した稼ぎにはならなかったサンダルづくりをしているときから付き合いがあるおかげでそれなりの信用も得ていたようだ。

確かに、持ち逃げされる心配もほとんどないし、行商人側から見ればあまりデメリットもないのか。

それに対して俺の方はどうだろうか。

こっちもさほどデメリットはないような気はする。

だが、最低限の条件は決めておこうか。

行商人側は俺に使役獣の卵を無償提供すること。

俺はそれを育てて行商人のみに販売すること。

使役獣の売買をする数やタイミングは俺が決められる。

金額についてはそのつど交渉する。

もし仮に俺に大幅な損がでた場合には、こちらから契約を切ることが可能とすること。

上記の条件は一年契約とし、契約更新の際には新たに条件の変更が可能などなど。

思ったよりも俺がいろいろと条件を言い出したときは行商人も渋い顔をしていたが、なんとかこのへんで契約をまとめることができた。

といってもお互いそこまで損をするような内容にはなっていないと思う。

もしかすると商人特有のあれこれで裏をかかれるかもしれないが、それはまあ仕方がないだろう。

とにかくこうして俺は使役獣の卵を安定的に手に入れることに成功したのだった。

「よーし、これから頑張るぞー」

「キュー」

俺が右手を突き上げるようにしてそう言うと、それに応えるかのようにヴァルキリーが返事をしてくれる。

行商人との取引によってこれからは安定的に使役獣の卵が手に入ることになった。

これは非常に大きなビジネスチャンスだ。

というか、おそらく田舎の農民生活ではこれ以上に稼ぐ方法などないかもしれない。

なんとしてでもこの事業を軌道に載せなければならない。

「とりあえず、使役獣の卵にはしっかりと魔力注入しておかないとな」

俺が行商人から譲り受けた五つの卵を見ながらそういった。

するとヴァルキリーが近づいてきて鼻先を卵につけてクンクンと匂いを嗅ぎ出す。

「どうした？　まさかないとは思うけど、この卵は食べたら駄目だからな」

「キュキュー！」

俺がそう言うと、そんなことするわけないと言うかのように抗議の視線を向けてくるヴァルキリー。

慌ててごめんごめんと謝る俺に対して、しかし、ヴァルキリーのとった行動は予想外のものだった。

カプッと卵を咥えたのだ。

結構硬いハツカをガリゴリと噛み砕く力のあるヴァルキリーの口と歯だ。

俺はさっきの冗談じみたやり取りから、卵が割れてしまったのではないかと思ってしまった。

だが、そんなことにはならなかったようだ。

ヴァルキリーは絶妙な力加減で卵を咥えただけだったからだ。

そして、その咥えた卵を自分の寝床である草の上に置き、その近くへと体を寝かせた。

その姿はまるで親鳥が卵を温めているような、あるいは、我が子にお乳を与える馬のような姿だ。

寝そべったヴァルキリーのお腹の下で五つの卵が安置されている。

「クゥ〜」

なぜそんなことを、と俺が思っていると、ヴァルキリーはまたさらに何かをし始めた。

足を折り曲げて寝床に横たわる姿のまま、首を曲げておなかの卵へと口を近づける。

そうしてから鳴き声を上げたのだ。

あれはもしかして呪文か？

だが、別にレンガなどを作ったりしたわけでもない。

だとすると、もしかして【魔力注入】をしたのだろうか？

「えっと、この卵、ヴァルキリーが育てる気なのか？　できるの？」

「キュイ！」

卵に魔力を入れるというのは俺が前回卵を孵化させるときにしたことだから問題ないはずだ。

だが、それをヴァルキリーに説明したわけでもない。

もしかして、生まれながらに使役獣の卵は魔力を吸収して育つということを理解しているということなのだろうか。

「はっ、って駄目だぞ。使役獣の卵は吸収する魔力の質によって生まれる姿が変わるんだから。俺が育てないと意味ないじゃんか」

生まれついての習性らしきものに驚いていた俺だが、すぐに問題があることに気がついた。

あくまでも俺がやらないと意味がないということにだ。

慌ててヴァルキリーのお腹の下にある卵を回収する。

だが、すでに三つの卵には魔力注入してしまったあとだった。

どうしようか。

確か、聞いた話では別の人物が複数集まって魔力を吸収させても卵が孵化する可能性はあるはずだ。

だが、それで有用な使役獣が生まれたとしても、それをもう一度再現するのは条件を同じにする必要があるため大変だと言うことだったと思う。

そう考えると、すでにヴァルキリーが魔力注入してしまったものについては、下手に手を出さないほうが良いのかもしれない。

「しょうがないいか。こっちの卵三つはヴァルキリー、お前に任せるよ。ちゃんと卵が孵化するように面倒を見てくれよな」

「キュー！」

卵を取り上げたときには落ち込んだように頭を沈めてしまっていたヴァルキリー。

だが、考えた結果、すでにヴァルキリーの魔力の影響を受けている卵については俺は諦めることにした。

自腹で買ったものでなかったというのも大きい。

全財産をかけて購入した卵だったらブチギレ案件だったかもしれないが、そうではないのだ。

それに卵は孵化する前に事故で割れてしまうケースもなくはないだろう。

失敗してしまったとしても事故と思って諦めることにしよう。

そう考えて、俺はヴァルキリーと手分けして卵の管理をすることにしたのだった。

昔、いや、これは前世の記憶か。

前世で子どもだった頃、近所で捨て犬を拾ったことがあった。

本当に生まれて間もない子犬だったのだろう。

小さな体が薄汚れ、あばらが浮き出るほど痩せた状態でプルプルと体を震わせている犬に出会ったのだ。

俺はとにかくその子を助けたいという一心で家に子犬を連れ帰った。

家に着けばその子が助かるとなんの疑いも持っていなかったのだ。

だが、親は恐ろしく冷静だった。

「誰が面倒見るの？　あんたできるの？　責任持って育てられないでしょ？」

この言葉を聞いたとき、俺は実の親が血も涙もない鬼かと思った。

絶対に自分がちゃんと面倒を見るから、とひたすらごねて、なんとか子犬を育てることを認めさせたものだ。

だが、今思い返すとあのときの親の言葉は正しかったのだろう。

生き物の面倒を見るということは大変なことだ。

あの頃は自分が餌やりなどをやっていたことで、俺は面倒を見ていた気分になっていた。

だが、後から思い返すと餌の購入費用から、犬を買うための備品、予防接種や病気の時の代金などすべて俺ではなく親が支払っていたのだ。

そのことを俺は今、身をもって知ることになっていた。

◇◇◇

「さすがに数が増えると食べる量もすごいな……」

行商人から使役獣の卵を譲り受け、それを繁殖させる事業に取り掛かった俺。

まず、その第一段階は無事にクリアした。

五つあった卵はすべて孵化したのだ。

ちなみに俺とヴァルキリーが別々に魔力注入を行うことになったのだが、結局なんの問題もなかった。

というのも、ヴァルキリーが孵化させた卵からもヴァルキリーそっくりの子どもが生まれてきたからだ。

ただ、若干体の大きさが俺の育てた卵から生まれた個体よりも小さいかもしれない。

が、二本のトナカイのような角と筋肉質な肉体、そして美しい白毛という特徴は一緒だ。

別の人間が育てたら別種の生態になる、という使役獣の特性はどうなったんだろうか。

微妙に頭を悩ませる事態になったが、まあいいだろう。

それよりも問題が発生しているからだ。

問題点とはつまり使役獣の食料についてだった。

合計六頭が毎日ご飯を食べる、というのは並大抵のことではない。

いくら俺が育てるハツカがすぐに育つと言っても、数に限りがあるのだ。

一応備蓄していた分があるのでまだ大丈夫だが、この調子では確実に底を尽きる。

「こうなったら森を開拓するしかねえか。畑を増やすしかない。いくぞ、お前ら」

「「「「「キュー！」」」」」

減り続けるハツカを見て、俺は決断した。

森のなかに作った隠れ家の周りに非常食感覚で食べられるようにと作った畑ではどう考えても足りない。

今後も使役獣ビジネスを続けていくのであれば、畑の拡張は必須事項だろう。

俺がガバっと立ち上がりながら、ヴァルキリーたちに檄《げき》を飛ばす。

そして、それに応えるようにみんなが声を合わせて鳴いたのだった。

第三章　森の開拓

「いやいやいや、ちょっとまって。おかしいだろ」

森のなかでの畑の拡張。

通常であればものすごく手間のかかることだが、俺には実績がある。

森に生えた木の根元の土を柔らかくして、根っこごと木を倒してしまう。

そうしてから、その倒木を移動させ、今度は【整地】と【土壌改良】を行えば見事畑の出来上がりだ。

もちろん、前回やったこの手法を今回も使う気でいた。

だが、その作業を始めてすぐに俺はありえないものを見てしまったのだ。

それは魔法だった。

なんと使役獣たちが魔法を使用したのだ。

「なんでお前ら魔法が使えるんだよ。名前も付けてないってのに」

そう、俺が驚いているのは魔法を使ったのがヴァルキリーではなかったということだ。

生まれてまだ数日しかたっていない成長途中のヴァルキリージュニアたちが普通に魔法を使っているのだ。

しかも、そのラインナップはヴァルキリーと同じく生活魔法プラス俺のオリジナル魔法だ。

これはいったいどういうことだろうか？

魔法とは名付けした瞬間に覚えるものではないのか？

もしかして、使役獣は人間とは別の法則があるのだろうか？

全くわけがわからない。

だが、観察してみたところ、どうやらすべての個体が同じように魔法を使えるようだった。

俺が魔力を与えて孵化させた卵から生まれたやつも、ヴァルキリーが育てたやつも、魔法に関しては違いがないようだ。

ということは、今後使役獣の卵から生まれてくるコイツらの種族はみんな同じように魔法を使えるということになるのだろうか？

これはいったいどうしたものだろうか。

とりあえずは、当面は行商人には売らずにもう少し数を増やして様子を見るしかないかもしれない。

もし、今後生まれてくる子達が全て魔法を使えるとわかったら、そのとき考えることにしよう。

俺は不測の事態に直面し、思考を放棄して畑の拡張に取り掛かったのだった。

◇◇◇

「うーん、どうしたものやら……」

日々、森林破壊を繰り返しながら畑の面積を広げ続けている。

が、そろそろまた別の問題も出てきた。

面積が広くなるほど、移動するのが大変になってくるという当たり前の問題に直面することになったのだ。

前世ではよく「野球のドーム何個分の大きさ」などといっていかにそれが広いかを言葉にする方法が取られていた。

ぶっちゃけた話、ドームがどのくらいなのかを正確に知っている人のほうが少ないだろう。

だが、それでもなんとなくイメージできなくもないという面白い言葉遣いだったと思う。

そして、今、俺の目の前に広がる畑の広さは少なくともドームの数が片手の指では足りないのではないかと思うくらいの面積にまで広がっていた。

こんなに森をめちゃくちゃにしてもいいのだろうか。

さすがに前世で環境破壊についての授業を受けたことのある身として心配にはなった。

ただまあ、ドーム数個分ということは小さな緑地公園くらいなものだし、畑としてはほどほどくらいの大きさとも言えるだろうか。

一応、村長に確認をとったところ、何ら問題ないということだった。

というのも、俺が今回開拓した範囲も以前村の畑だったことがあるらしい。

かつての開拓ブームが終わってしまい、人口が減った際に森に飲み込まれてしまったそうだ。

それに森自体の広さというのももっと広いのだそうだ。

もっと畑を広げてもかまわないとまで言われてしまったくらいだ。

まあ、確かにヴァルキリーのような使役獣を育てるならば、畑というよりも牧場のように考えておいたほうがいいのかもしれない。

そうであれば、ある程度面積が広いほうがいいか。

そんな風に素人考えで結論づけた俺は今後も開拓を勧めていくことにしたのだ。

だが、そうなると歩いての移動というのはきつい。

街灯もないようなこんな自然界で、もし万が一夜になっても何らかの事情で帰ることができないといった不測の事態が発生しないとも限らない。

疲労面や安全面から考えても、そろそろ移動手段について検討する時期にきているのだろう。

「よし……乗ってみるか、ヴァルキリーに」

こうして俺はいまだ経験したことのない、動物の背中に乗って移動するという騎乗に挑戦することにしたのだった。

◇◇◇

騎乗といえばやはり乗馬だろう。

ヴァルキリーはトナカイのようなでっかい角が生えているという点を除けば馬のような体型をしている。

もっとも、馬よりも毛足が長いから若干違うだろうけれど。

だが、馬に使える道具というのがおそらくそのまま使えるだろう。

と思ったのだが、さっそくつまずいた。

村で乗馬用の鞍《くら》や鐙《あぶみ》のようなものを入手することができないからだ。

これはひとえに、使役獣という前世にはいなかった生き物のためと言えるだろう。

同じ卵から全く異なる姿をした生き物が生まれてくる使役獣。

そんな使役獣を使ってこの世界ではものを運んでいる。

そして、使役獣の中には二足歩行する爬虫類のような存在もいるのだ。

どちらかと言うと、使役獣に縄をつけて荷車をひかすという方法が一般的だったのだ。

逆に使役獣の背中に騎乗するとなると、これは特殊なケースに当たる。

わざわざその使役獣の体にフィットするように専門家に鞍などを特別注文しなければならないのだ。

当然ながら、そんな特殊な技能を持つ人が村にいるわけがない。

移動のためにヴァルキリーの背中に騎乗したいというと、「荷車でいいじゃん。何がいけないの？」と言われるだけだったのだ。

だが、しかしだ。

それでも俺は騎乗技術を今のうちから学んでおきたかった。

それは俺がいつか戦争に駆り出されるかもしれないからだ。

歩兵よりも騎馬兵のほうが圧倒的に強いというのは、おそらくこの世界でも通用するのではないだろうか。

少なくとも、うちの村から駆り出された連中は武器の代わりに農具を持って戦場へと向かったやつもいたのだ。

ヴァルキリーに乗れるだけで圧倒的なアドバンテージを手に入れられるというのは、間違いないと思う。

畑の管理だけで言えば、なるほど荷車はあっても困らないだろう。

だが、だからといって騎乗する事ができなくていいというわけにはならない。

ならば仕方がない。

鞍も鐙もないが、乗ってみるしかないだろう。

こうして俺はハツカの茎をより合わせて作ったロープを手綱代わりにヴァルキリーの口へと巻き付け、その背中によじ登ったのであった。

◇◇◇

「これはあかん。どげんかせんといかん」

俺は全身筋肉痛の体に夜も眠れぬほどうなされながら、どうしたものやらと頭を悩ませていた。

理由はヴァルキリーに騎乗したことにある。

手綱だけをつけてヴァルキリーの背中に乗って移動する。

この試み自体はそれなりにうまくいくことがわかった。

普通、乗馬するとなれば誰でも簡単に乗れるというものではないだろう。

本来自由気ままに移動する生き物の背中に乗るというのは、乗られる動物側からすればたまったものではない。

振り落とそうと体を揺らしまくることだろう。

そうでなかったとしても、こちらの思う通りに移動させるというのは並大抵の技術ではないはずだ。

だが、ヴァルキリーに関してはその点について問題はなかった。

もともとヴァルキリーは前世に見たことのある馬ではなく、使役獣という生き物なのだ。

俺の魔力で生まれ育ち、生まれたときから俺の言うことを理解し、聞いてくれる聡明さがあった。

そのヴァルキリーの背中に乗るというのは、馬に乗るのとはわけが違うくらいに簡単だったのだ。

俺がなにも言わなくとも、背中に乗る俺が負担に感じないように動いてくれる。

気遣いのできるヴァルキリーのおかげで、それほど苦もなく騎乗することができたのだった。

だが、それでも騎乗するということは俺にとっては大変だったのだ。

おそらく鞍や鐙といった道具がないというのも関係しているのだろう。

カッポカッポと足を動かすヴァルキリーの移動は、どれほど俺に気を使って移動しようともすごく揺れるのだ。

そして、その揺れ動くヴァルキリーから落ちないためにはどうすればいいのか。

それは左右の足でガッチリとヴァルキリーの胴体を挟み込んで、体を固定するしかなかった。

これが俺の想像していた以上にしんどかったのだ。

しばらく乗ったあとの体の状態は、太ももの内側などはピクピクとけいれんし、少しでも触れようものなら飛び上がってしまうほどの痛みが出てしまうありさまだ。

さらに筋肉痛は下半身だけにはとどまらない。

いくら下半身に力を込めても上半身が不安定であれば落ちかねないのだ。

では揺れ動くヴァルキリーの上で上半身を揺らさないためにはどうすればいいか。

そこの答えは体幹の筋肉を総動員するというものだった。

体幹、またの名をコアマッスルとも言う。

体幹がしっかりしている人というのは頭の先からお尻までまるで一本の棒が存在するかのようにして伸びている。

体の軸がしっかりしていると言ったらいいのだろうか。

その状態をしっかりとキープし続けることができれば、揺れも大幅に減るに違いない。

その考えは決して間違いではなかった。

だが、同時に体の各所から筋肉痛の悲鳴が鳴り響いている。

まさか騎乗するというだけで、ここまでのダメージがあるとは思いもしていなかった。

甘く見ていたと言わざるを得ないだろう。

だが、だからといって諦めるというわけにもいかない。

前世では騎馬民族なんて連中もいたくらいだ。

決して動物の背中に乗るというのは不可能な行為ではない。

そうして、その日から俺は毎日騎乗訓練を続けることにしたのだった。

◇◇◇

騎乗訓練を始めてからしばらくして、新しい魔法を開発した。

といっても、実は今までもやっていた技術の応用だが。

今回開発した魔法は【瞑想】という呪文名にした。

これは体から自然に漏れ出している魔力を一切漏れ出さないようにするというものだ。

俺は目に魔力を集中すると魔力を色付きで見ることができる。

そして、その状態で他の人を見ると、人体からぼんやりとしたモヤのような青い気体が立ち上っているのが観測できた。

これはおそらく、その人の体内で発生させている魔力が、まるで蒸発して目減りしていくお湯の湯気のような感じで体外へと流れていってしまっているのだと思う。

つまり、作った魔力は常時無駄になってしまっている状態だということになる。

ならば、体から魔力が漏れ出ないようにしたらどうなるのか。

かつてこのことを試していたことがあった。

結論から述べると、自然治癒力が大幅に向上するという結果になった。

無駄になってしまっていた魔力が体を治すために役立ってくれるのかもしれない。

今まではこの効果をしっていたが、呪文化はしていなかった。

疲れたときに疲労回復を促すなら、わざわざ呪文にしなくとも使えるからだ。

それが、今回なぜわざわざ呪文化したかと言うと、理由がある。

それは呪文を唱えたときに現れる効果が一定であるというところに目を向けたからだ。

【整地】という魔法ならばいつでも決まった広さの土地を整地してくれる。

【レンガ生成】ならば呪文を唱えると毎回同じ形のレンガを作り出すことができる。

だが、【身体強化】には体を強化するという効果の他に、呪文を唱えたあと一定時間効果が持続するという側面もあった。

つまり、呪文化の際に呪文の効果時間も決まるのだ。

そして、面白いのが【身体強化】の呪文を唱えたあと、俺が眠ってしまってもその呪文の効果は継続しているらしい。

実際、強化された状態で寝返りを打って家の壁を叩いて壊れたという事件があったのだ。

家の壁が壊れるというのは問題だが、使い方によっては便利にもなり得る。

要するに俺は【瞑想】という呪文の効果が長時間続くように呪文化をすることにしたのだ。

その結果、俺は【瞑想】と呪文を唱えてから眠ることで自然治癒力を強化状態のままにすることに成功し、どれだけ全身の筋肉痛がひどかろうと一晩眠れば完全回復できる事になったのだ。

ベッドで眠ると完全回復など、まるでどこぞの勇者にでもなった気分だ。

こうして俺は回復手段を手に入れ、日々の騎乗訓練を気兼ねなく行えるようになったのだった。

「追加で使役獣の卵を持っては来たものの、いやはや、もう前に渡したやつは全部孵化したのか……」

俺が森を開き、畑を広げながら、騎乗訓練に明け暮れる日々を過ごしてしばらくしたころ、再び行商人が村へとやってきた。

以前行った契約どおり、新たに使役獣の卵を持ってきてくれたらしい。

そして、その際に前回もらった卵が全て孵化が終わっていると話したところ、ひどく驚かれたのだった。

というのも、行商人の予想ではまだ一個か二個くらいしか孵化していないのではないかと予想していたようだ。

どうやら俺が育てる使役獣の卵は成長がかなり早いらしい。

【魔力注入】の効果かもしれない。

普通はその人が持つ魔力を自然に吸収していき成長するため、一つの卵を孵すのに一ヶ月以上かかるというケースが多いようだ。

しかも、それは複数の卵を持っていても同時進行ではないため、時間がかかるという。

そのため、もう成獣にまでなっている使役獣を見て驚いたのだ。

「とりあえず、もう売りに出すことはできるよ。どうする？　ていうか、どこか買い取ってくれるようなあてはあるの？」

「ん？　ああ。そうだな。実を言うと最初は売るつもりはないんだよ」

「え？　じゃあ、自分で行商にでも使ってみるってこと？」

「それもありだが、今回は違うな。人に渡すんだよ、タダでな」

はあ？

あれだけ「この使役獣なら間違いなく売れる」とか言っていたのに、タダでプレゼントでもするつもりなのだろうか。

行商人がいったいどういうつもりなのか、俺には理解できなかった。

「ふっふっふ。わからないか？　アルスもまだまだお子ちゃまだな」

「なんだよ。女にプレゼントするとか言うんだったら契約切ることも考えさせてもらうからな」

「違う違う。そんなんじゃないさ」

「じゃあどうするつもりなんだよ」

「献上するんだよ。この土地を治めている貴族様にな」

「貴族に献上？」

「そうだ。お前は以前俺が言ったことを覚えているか？」

「……なんのこと？」

「俺のような村を回る行商人には高価なものを扱うコネがないって話さ」

そういえば聞いたような、聞いていないような。

なんだっただろうか。

俺は行商人の言葉を受けて、記憶を掘り返してみた。

そういえば、以前俺が白磁器やガラスの食器をもっと高値で買い取ってくれと行商人に頼んだことがあった。

だが、通常の日用品の食器の数倍程度の値段はつけてくれたものの、高級品としては見てくれなかった。

それは、この行商人が食器を高値で売る伝手《つて》がなかったことが一因にある。

貴族という階級の存在するこの地で貴族に商品を買ってもらうにはそれなりの信用が必要だ。

通常は大きな商店が独占的に貴族との取引を担っている。

貴族側は専属の商店に注文すれば大抵のものは揃うし、長年の取引による信用関係があるため、下手なものを掴まされるリスクも減る。

専属商店も貴族との取引を独占できるかわりに、何か粗相があった場合にはそれ相応の責任を取らされることになる。

その分だけ真面目に商売しなければならない。

このように売り手と買い手が強固なつながりを得ているため、新参が参入しづらいという状況が生まれているのが現状だ。

当然のことながら、うちの村に来るような行商人では貴族とのパイプはゼロだ。

どれだけ俺が自分の作った食器が高く売れると主張しようとも、希望の金額で買い取ることはなかった。

そんなに高価なら貴族相手でしか売れず、かと言って売ろうにもまともに会うことすらできないのだから。

だが、今回に限っては違う。

今回、商品として持ち上がったのが、俺が自作した食器ではなく、この世界でも貴重で有用であると認識されている騎乗可能な使役獣だからだ。

間違いなく需要はある。

どこに出しても売れること間違いなしだ。

では、なぜそれを売るのでなく献上するという話になるのか。

それは社会情勢も関係している。

今、この地では戦がそれなりの頻度で行われている。

そして、騎乗可能な使役獣というのは、戦に勝つうえで非常に大きな要因になりえる。

言ってみれば戦略物資となるだろう。

そんな戦略物資をこの土地を治める貴族を無視して、敵対している貴族へと販売しようものならどうなるか。

まず間違いなく、関係者一同の命はないという。

であるならば、貴族を無視した商売はできない。

そこであえて、最初の取引を行う前にこちらから無償で渡しておくほうがいいという行商人による判断があった。

気に入ってもらえれば今後の購入にも繋がり、何より貴族との強力なコネになる。

もしかしたら、ほかの貴族へと繋がりを作ってくれる可能性もあるだろう。

そうした打算、もとい計算があるようだ。

「ま、そういうわけで今度その貴族家に行くぞ。親父さんにもそう伝えておいてくれ」

どうやら、この行商人も今回の取引をビッグチャンスだと考えているらしい。

自分だけで売りに行くのではなく、使役獣を育てる俺だけではなく、保護者である父親まで引き連れて、わざわざ貴族家に挨拶に行く気らしい。

俺はその話を聞いてから、家に帰るとまず父親へとそのことを話した。

下手すると俺や行商人だけではなく、家族にまで影響があるかもしれないということで怒られたりするのではないかとも考えていたが、そんなことは全然なかった。

というよりも、父親も十分そのことを考えていたようだ。

息子である俺が孵化させた使役獣が権力者に目をつけられる可能性があるということを。

俺の説明を聞いて、「わかった、善は急げだ。すぐに出発しよう」と言い、畑仕事を家族に任せて街へ出かけることに決まった。

こうして、俺は初めて村の外へと出かけることになったのだった。

「ここが貴族様の住んでいるフォンターナの街だ」

俺は人生はじめての旅を経験している。

といっても、前世でしたような旅行とは違い、そこまで距離的に遠くではなかった。

だが、思った以上に時間がかかった。

車や新幹線のような移動手段がないので当然だろう。

使役獣が引っ張る荷車に乗り込んで、でこぼこの道を進むのだ。

数日間の移動でも多分そんなに進んでいないのではないだろうか。

俺が生まれ育った村が広大な森の近くに存在し、そこから南へと三日進んだところに貴族が住んでいるという街があった。

少しだけ盛り上がったような小高い丘の上に貴族であるフォンターナ家があり、そこを中心にして街がある。

この街はレンガで作られた壁によって囲まれている。

どうやら城壁都市というやつらしい。

「結構人で賑わっているんだね」

「ああ、あっちを見てみな」

そう言って行商人が指し示すほうを見る。

ただの壁があるだけにしか見えない。

だが、その城壁は見た感じ比較的新しいもののようだった。

「今、レンガの特需があるって言って買い取りしてただろ？　あれがその理由さ」

行商人が言うには街を囲む壁の一部を改築しているらしい。

部分的に取り壊して、街を広げるようにして新たな城壁を建築しているのだそうだ。

一部のレンガは再使用しているようだが、それでも圧倒的にレンガの数が不足していた。

そこで、足りない分を補うように購入していたというのがレンガ特需の理由だった。

「あの感じだと、まだもう少し特需は続きそうかな？」

「そうだな。ただ、このへんでもレンガは作れるからな。もうしばらくしたら遠くから運んでくるレンガは利益が出なくなりそうだよ」

なるほど。

ということは、これからは今までのようにレンガで利益を出しにくくなるってことか。

ならば、しっかりと今回の貴族との商談をまとめなければ。

俺は城壁を見ながら、気合を入れ直したのだった。

◇◇◇

「フォンターナ家の家宰、レイモンドだ。よろしく頼む」

貴族であるフォンターナ家へと使役獣を献上するために街へと、やってきた翌日。

街の中心近くへ目的を果たしにきた。

だが、俺の予想とは違い、貴族のお宅拝見とはいかなかった。

今いるのは貴族の館からは離れた厩舎《きゅうしゃ》前の広場だったからだ。

まあ、考えてみれば当たり前かもしれない。

馬型の使役獣は体が大きい。

そんな生き物を貴族の住む館にいきなり通すはずもなかった。

さらに言えば、別にトップである貴族の当主に会うようなこともなかった。

農民や商人である俺たちに対してわざわざ会う必要などないのだ。

当主の部下であるレイモンド氏が応対してくれるようだ。

行商人側も貴族家とのコネを作りたいのであって、貴族様に直接会いたいというわけでもなかったようだ。

ちらりと横顔を見てみると緊張した面持ちながら、かすかに口の端が上がっていた。

「ふむ。確かに事前に話に聞いていた通り、この使役獣は騎乗が可能そうだな」

「はい、そのとおりでございます。体格も立派で鎧を着込んで騎乗しても問題ないかと思います。ぜひこの使役獣をフォンターナ様にお使いいただきたく、この者たちとともに馳せ参じた次第でございます」

「ふむ。ひとりは子どものようだが……」

「はい。実はこのアルスこそがこの使役獣を育てたのです。隣にいるのはその父親にございます」

「そうか。それが本当であれば今後もこの使役獣の生産を長く続けれれそうだな」

「はい。この使役獣はヴァルキリーといいます。ぜひ、このヴァルキリーの生産と販売の許可をいただきたいのです」

レイモンド氏と行商人が話をしているのを、地面に膝をつきながら聞いていた。

だが、話を聞いていて思わず口を挟んでしまいそうになった。

ヴァルキリーは最初に生まれた子に付けた名前であって、別に種族名ではないのだが。

しかし、行商人はヴァルキリーという名前を俺が育てた使役獣を指す名称としてレイモンド氏に紹介してしまった。

ちなみに本物のヴァルキリーは村でお留守番中だ。

あいつは俺の相棒だから売る訳にはいかない。

今回はヴァルキリージュニアの三頭を献上するためにこの街へと連れてきていたのだ。

まあ、別にいいか。

多少ややこしいことになるが、あくまでそれは俺の中での話だ。

それほど問題にはならないだろう。

俺が話を聞きながらそう考えていたときだった。

「よし、いいだろう。後ほど許可証を発行しておこう。フォンターナ様にもその旨を伝えておこう」

「あ、ありがとうございます」

「よい。今後もしっかりと励むように」

「はい、かしこまりました」

「だが、このヴァルキリーは戦には使えんかもしれんな」

「え？　そ、それはいったいどういうことでしょうか？」

「頭に生えた角が邪魔だ。これでは得物が振るえんだろう。おい、誰かおるか？」

「はっ」

「この使役獣の角を切り落とせ」

「かしこまりました」

いや、ちょっと待てよ。

何だこいつは。

献上した使役獣をいきなり傷物にするつもりなのか。

口出しすることのできない俺が唖然として見ている中で、俺の育てた使役獣の最大の特徴でもある二本の角が切り落とされる。

俺はそれを黙って見ているしかなかったのだった。

◇◇◇

「くやしい〜。あいつら、俺の可愛い子どもたちを傷つけやがって」

貴族家へ使役獣を献上し終えて、現在は街でとった宿へと戻ってきている。

その部屋の一室で俺は次々と文句を口にしていた。

腹が煮えくり返るというのは、まさにこのことを言うのだろう。

角を切り落とされる使役獣を見ているとき、思わず殴り掛かりそうになってしまったくらいだ。

手のひらはなんとか飛びかからないように我慢していたときにぐっと握っており、自分の爪が刺さって血が出ている。

ふと、前世で聞いた話を思い出した。

目が不自由な視覚障害者を助けるためにいる盲導犬の話だ。

盲導犬は視覚障害者の目の代わりとなるために専門的な調教を受ける。

その最初の一歩は、どんなときも吠えないようにするというものらしい。

むやみやたらに吠えるようでは盲導犬として働けないからだ。

だが、ある時信号待ちか何かで立ち止まっている盲導犬に対してタバコの火を押し付けたやつがいたらしい。

焼印を押されたように毛は焼きされて皮膚には火傷《やけど》が残るほどだった。

しかし、それでも盲導犬として調教を受けた犬は鳴かなかった。

鳴き声を上げないため、その時、目の見えない飼い主はその卑劣な行為には気づくことができなかったという。

後に犬の怪我に気がついた飼い主は大いに嘆いた。

普通ならそんなことをされたら人間嫌いの犬になりそうなものだが、優秀な盲導犬であったその犬はその後も死ぬまで人間に寄り添って支えたという。

有史以来人間とパートーナーで有り続けた犬は教育次第ではここまでの存在になる。

そして、それと同じくらいのことを使役獣もできるのかもしれない。

自分の頭から生えている角を切り落とされるという行為を受けても使役獣は鳴き声も上げずに我慢していたのだ。

俺は思わず涙を流してしまっていた。

「いい加減、そろそろ落ち着け」

「なんだよ、父さんは悔しくないのか」

「俺はそれより、角を切られたヴァルキリーたちが早死しないか心配だよ。献上した使役獣がすぐ死んだりしたらどんなお咎めを受けるかわかったもんじゃないぞ」

むむむ。

確かにそういうこともありえるのか。

俺と違って父はえらく冷静だった。

俺と違ってこの世界で生きている父は学のない農民ではあるものの、頭が悪いというわけではない。

俺が気が付かないことにもいろいろ気付くのだ。

特に、自分たち農民がいかに社会的弱者であるかというのが骨身に沁みてわかっている。

さっきの発言もそこからきているのだろう。

角を切られた使役獣が早死にする可能性。

俺は考えもしなかったが、確かにその心配はある。

というか、ヴァルキリーたちの寿命がどの程度あるのかということすら把握できていないのだ。

何年くらい生きてくれるのだろうか。

角を切られたら病弱になったりするんだろうか。

悔しいが後で調べておかないといけないかもしれない。

さらにこの問題以外にも父親には気になっていたことがあったようだ。

それは俺が切り開いた森の土地のことだった。

放っておけば村を侵食しかねないような森を子どもの俺が短期間のうちに切り開いていく。

それをどんな気持ちで見ているのかは正確にはわからない。

多分、恐ろしく不気味な存在に見えるだろう。

だが、それ以上に心配事があったようだ。

それは税の取り立てについてという現実的な問題についてだった。

農民は一人頭いくらという人頭税と、農地の広さによって支払う地税が主な税の取られ方になる。

しかも農民は税の支払いを畑で作った麦で支払う決まりがある。

そして、今回俺がガンガン土地を広げていったことで今年の税がどれほどのものになるのか予想もつかなかったらしい。

実は村の人もあんなに畑を広げたら絶対に税を払えないだろうと考えていたらしい。

村長なんかは税を支払えなくなった俺から畑を取り上げてしまうという計画まで密かに立てていたらしい。

今回土地を治める貴族家の家宰と巡り合うことができた。

父はそこで前から考えていた陳情を行ったのだ。

今後も使役獣を生産するためには畑でハツカをつくる必要があり、森を開いて作った畑では麦の生産ができないと訴えたのだ。

貴族側にしても、使役獣の生産と森の開拓は願ってもないことである。

必死に陳情する父の話を聞いてくれて、使役獣の生産・販売の許可と同時に、土地の正式所有と麦ではなくお金での納税を許可してくれたのだった。

頼れる父親のもとに生まれることができたのは、俺にとって非常に幸運なことだと言えるだろう。

こうして、俺は正式に土地の所有者になったのだった。

「そういえば、この街で木造建築って見ないよね。あんまりメジャーじゃないのかな？」

「そりゃそうだろう。木で作った家なんか危ないからな」

「どうして木の家が危ないの？」

「いや、普通に考えてありえないだろ。いつ誰に【着火】で火事を起こされるかわかったもんじゃないんだから」

ああ、なるほど。

この世界では生活魔法というものが存在している。

そして、その生活魔法の中にはいつでも自在に火を出すことのできる【着火】という呪文があり、それを洗礼式を終えた子ども以上の年齢の人なら誰でも使えるのだ。

こんな壁に囲まれた街の中だと、木造建築が多かったら火災で大変なことになるのか。

そう考えるとレンガ式の家の方が多少安全面で優秀なのかもしれない。

「家といえばさ、あんまり窓がないよね。この街の建物って」

「そうだな。窓なんて別にいらないだろ？　どうせ【照明】で明かりをつけるんだしな」

「なんでも生活魔法が関係してくるんだね」

「ああ、主の加護のおかげだな」

主の加護か……。

魔法陣を用いた命名で使えるようになる生活魔法が本当に神様に関係しているんだろうか。

だが、これほど生活に密接に関係している魔法は確かに恩恵が大きい。

俺の知る常識が魔法が存在することによってこの世界ではずれた考えになるということもあるのだろう。

しかし、そうは言っても窓くらいもう少しあってもいいんではないだろうか。

牢屋じゃないんだから、開放的な建物があればそれだけで目新しいものができるかもしれない。

「って、そうか。窓だ！　ガラスの食器よりも窓ガラスを作ったほうが需要があるかもしれないな」

街を見ながら父と話していたら、ふとひらめいた。

ガラスの食器はきれいではあるが、父の意見では「割れやすくて使いづらい」という面がある。

あまり庶民向けの商品とは言えないのかもしれない。

その点、窓ガラスならどうだろうか。

呪文化してしまえばレンガのように大量に生産できるし、建物が存在する限り、需要自体はどこにでもあるのではないかと思う。

窓をつける文化があまりないのかもしれないが、作ってみても面白いかもしれない。

そんなことを考えながら、俺は初めての街を見学して回ったのだった。

◇◇◇

「あなた、アルス、おかえりなさい」

数日ほど街を見て回り、行商人との売買で得たお金で実家で必要なものをいろいろと買い込んで、ようやく村へと帰ってきた。

今回のお出かけで、森の土地は正式に俺のものとなった。

といってもすぐに一人で隠れ家に引っ越して生活するというわけでもない。

隠れ家として建てた建物の近くには大量の倒木が放置されたままだ。

森を切り開くときに、根っこごと木を倒して開拓していった。

そのときの木がそのまま何か所かにまとめて置いてあるのだが、そのまま地面に置いてあるだけだったのだ。

というわけで、木の枝を落とすためのナタや畑で取れたハツカなどを運ぶための荷車など、主に俺が使うための道具を街で購入してきたのだった。

思ったよりも必要なものというのは多かった。

再び、所持金が底をつきかけたが、それも今回限りだろう。

なんといっても、これからは使役獣の販売益が入ってくるのだから。

とりあえず、俺の使役獣はヴァルキリーという名称で以前見た行商人の騎竜と同じような値段で取引することにした。

騎竜のことを行商人は「財産」だと表現していたことを思い出す。

それは街で調べた限り、どうやら本当のことのようだった。

行商人が何年も地道に自分の足で稼いで、ようやく買えるかどうかという値段。

使役獣を持っているかどうかで商人としての信頼度も変わってくるようで、一種のステイタスにもなる存在。

そんな使役獣だが買えば無限に使えるというわけでもない。

生き物であるため常に食事が必要で、体力に限りもあり、当然寿命も存在する。

言ってしまえば、使役獣というのは乗用車に似たものなのかもしれない。

普通の人ならこの車の生産を卵一つごとに魔力を吸収させて孵化させることになる。

だが、俺は【魔力注入】で短期間に複数の卵を孵化させることもできる上、使役獣であるヴァルキリー自体が卵を孵すことにも成功している。

いわば、高価な車を大量生産して販売することができ、その権利を正式に貴族からも認められたのだ。

笑いが止まらなくなりそうだ。

これからガッポリと儲けてやろう。

あまりにも表情が緩みすぎていたからか、母親は帰ってきた俺を見てどうしたのかと心配するのだった。

「さて、と。気が重いけどやっておかないといけないよな」

村へと帰ってきて荷物の整理がついたときのことだ。

俺はこれからあまり気持ちのいいことではないことを実行しなければならない。

それは使役獣の角を切る、という作業だった。

貴族のフォンターナ家に献上したヴァルキリー種三頭はすべて角を切り落とされてしまったのだ。

何もいきなり三頭とも切らなくてもよかったのではないかと思ってしまう。

だが、その現場で文句を言うわけにもいかず、見ていることしかできなかった。

父が心配していたように、角を切られた使役獣が衰弱死したりしないかどうか、こちらでも確認しておく必要がどうしてもあるのだ。

何日もこのことで頭を悩ませていたが、村に帰ってきた以上、先延ばしにすることには全く意味がない。

やるなら、さっさと実行してしまわなければならないだろう。

こうして、俺は使役獣の角を切ることにしたのだった。

◇◇◇

使役獣は俺が最初に育てたヴァルキリーと、その後二回目に育てた五頭がいる。

その五頭のうち、俺が直接魔力を与えて卵から孵化させたものが二頭だ。

他の三頭は初代ヴァルキリーに【魔力注入】をしてもらい、孵化させた。

そして、今回貴族へと献上したのはヴァルキリーに育てさせた三頭だった。

つまり、今残っているのは俺が育てた二頭ということになる。

今回はこの内の一頭の角を切ることに決めた。

理由は単純だ。

同じ条件の使役獣で一頭は角を残し、もう一頭は切り落とせば、それぞれの経過を比較できると考えたからだ。

もし、角を切ったほうが明らかに早死するようであれば、角切りはやめさせたほうがいいだろう。

街で買ってきた金属製の刃物を初めて使う機会が、生き物の角切りになってしまうとは……。

だが、考えてみれば前世でも鹿の角を切ったりしていたようにも思う。

あれは確か、角があった場合、その角で鹿同士が喧嘩して大怪我につながったりという問題があったのだった気がする。

今のところ、生まれた使役獣同士で喧嘩するようなことは見られないが、今後そういうこともあるのかもしれない。

何より、いい加減、使役獣のことはペットのような家族の一員ではなく、商品となる家畜と考えたほうがいいのかもしれないと思った。

あまり、むやみに名前を付けないほうがいいかもしれない。

「よし、やるか。悪いけど、我慢して、暴れないでくれよな」

俺はそういっておとなしく立っている一頭の白い体毛を撫でながら声をかけ、角を切り始めたのだった。

結構な硬度を持つ角を二本も切るのには大変苦労した。

だが、俺が言ったことを理解しているのか、じっと我慢し続ける使役獣。

そして、ついに二本目の角がゴロンと地面に落ちたのだった。

◇◇◇

「うーむ。まさか、こんな結果になるとは……」

使役獣の角を切り落としてから数日が経過した。

今のところ、角を切られた個体は元気そのものだ。

特に体調不良を訴えて、衰弱しているといった傾向は見られない。

とりあえず、何もなさそうだということでホッとしていたところだった。

だが、その後、新たな事実が判明した。

それは、角を切った個体は魔法を使えなくなっているということがわかったのだ。

俺が使う【整地】や【土壌改良】といったオリジナル魔法だけではなく、生活魔法の【飲水】なども使えなくなっていた。

たまたま目撃した、角のある個体から水を飲ませてもらっているところを見かけて、ようやく魔法が使えなくなっているということに気がついたのだった。

これはどうしたことだろうか。

現状わかっていることは角がある個体は今も普通にすべての魔法を使っているのに対して、角がない個体は全く魔法を使えないということ。

だが、目に魔力を集中させて使役獣を観察してみたところ、肉体から魔力がなくなったというわけでもないようだ。

魔力はあるが、使えていないというのが現状を説明する言葉になるのだろうか。

実はこれは後でわかったことだが、人間でも同様のことが起こり得るらしい。

もちろん、人間には角などというものは生えていない。

そのかわり、人間は両方の手がなくなってしまうと魔法が使えないのだそうだ。

これは父が話してくれたことだが、稀に戦場では両手を失うものもおり、その人達はその後の人生を魔法なしで過ごすことになるという。

【照明】や【着火】といった生活魔法は、魔法を発動したい場所を指で指し示してから呪文を唱えることを考えると、手がなければ発動しないものなのかもしれない。

そして、ヴァルキリーたちにとっては手のかわりに角がその役割を果たしているのかもしれない。

「……これって、ある意味貴重な情報かもな……」

ヴァルキリーたちの角を切れば魔法が使えなくなる。

デメリットしかないように思えるこの情報だが、俺にはメリットに映った。

というのも、以前行商人が魔法の使える使役獣は聞いたことがないと言っていたことを覚えていたからだ。

もしかしたらいるのかもしれないが、魔法が使えない使役獣業界の中に突如魔法が使える種が現れたらどうなるのか、想像もつかない。

もしかするとトラブルの原因になるかもしれない。

が、それ以上に大きな問題がある。

それは、俺の育てたヴァルキリーという種の使役獣は、使役獣の卵さえあれば【魔力注入】という魔法を用いて量産することができるというところにある。

本来、俺にしか育てられないからこそ、俺から購入する必要があるのだ。

それが、俺がいなくとも同じヴァルキリーという使役獣を量産できるとわかれば、俺から買う必要性がなくなる。

つまり、それは俺の独占利益がなくなってしまうということになる。

「よし、行商人に売る使役獣は全部角を切ってしまおう」

こうして俺は使役獣を出荷する前には必ず角を二本とも切ることにしたのだった。

切ってしまったあとの姿は体毛に隠れて切り痕すら見えないため、前世の馬に似た生き物に見えてきて、もともとこういう姿で生まれたのではないかとすら思ってしまう。

寿命に影響が出ないのであれば、この角切り作業は続けていこうと心に決めたのだった。

幕間

ひどい不作が続いている。

何年にも及ぶ飢饉《ききん》によって、人は死に、大地は荒廃した。

人間というのは愚かなものだ。

王家の衰退で、もともと長い動乱が続いているというのに、近年では食べ物を争ってさらなる戦《いくさ》が勃発している。

そんななか、俺はとある植物に出会った。

ハツカと呼ばれるものだ。

ハツカとはどこにでもあり、荒れた畑でも育つことで有名な家畜の餌だ。

普通は味がひどく食べられたものではない。

何でも食べる雑食性の家畜でもなければ食べないほどで、貧乏農家の作るクズ野菜として知られている。

だが、このとき立ち寄った村で口にしたハツカは違っていた。

味はまずい。

まずいのだが食べられないというほどでもなく、腹を満たすだけなら問題ない。

塩漬けにされたハツカは作物の育たない冬でも食卓に上がっていた。

それまでのものよりも大ぶりなので、シャキシャキした歯ごたえもあり、食べごたえもある。

このハツカが他のハツカと違う点は他にもある。

それは育つスピードが他のものよりも早いのだ。

普通のハツカは二十日ほどで食べられるようになる。

だが、こいつはその半分ほどでも十分に育つのだという。

これがごく一部の地方で密かに広がり始めていたのだ。

これがあれば、不作を乗り越える農家が増えるかもしれない。

俺は行商人だ。

戦があればものが動き、商機が発生もする。

出そうと思えば利益を出すことはできる。

だが、ここまで世の中が荒れていてはさすがに困る。

このハツカがあれば、少なくとも餓死する者の数は減るだろう。

こうして、俺はこのハツカについて少し調べてみることにしたのだった。

北の森近くにある辺鄙《へんぴ》な村。

そこがこのハツカのルーツのようだ。

森で新種のハツカでも発見されたのだろうか。

俺は調査も兼ねてその村へと行ってみることにしたのだった。

着いてみて驚いた。

最近ではどこの村に行ってもどんよりとした辛気臭い雰囲気が漂っているものだ。

だが、この村ではそういったものが感じられなかった。

実際村の中を行商をしても、みな貧乏ではあるが餓死寸前というわけでもない。

どうやら例のハツカを村中で育てており、空腹とは縁遠い生活を営んでいるようだった。

そんな中で、俺はひとりの少年と出会った。

洗礼式も済ませていないまだまだ幼い男の子だ。

その子は大量のサンダルを売りたいようだった。

例のハッカの茎で作ったサンダルだった。

これにも驚かされた。

普通のものよりも茎がしっかりとしているのか、かなり丈夫そうだったのだ。

通常ならばサンダルはあまり買い取りたいものでもない。

単価が安い上にそれなりに場所をとるので利益も出ないのだ。

だが、この村は森のそばでこれ以上先へと行商を続けるわけでもなく、これから街に戻るルートへと通るだけだった。

この村で売って減った商品のぶんだけ荷物に空きが出る。

その穴を埋めるためにもこのサンダルを買ってもいいだろう。

そう思って、俺は少年からサンダルを買い取ったのだ。

この少年だが不思議な子どもだった。

非常に聡明だったのだ。

どうやら初めてお金を見たようだ。

であるというのに、サンダルの買取金額では即座に総額の計算をやってのけた。

通常、農民というのは数の計算が苦手なものが多い。

だが、その頭の良さは俺に対する質問攻めでも発揮されてしまったのにはまいった。

なにか売れるものはないかとずっと聞いてくるのだ。

俺は各地を回って得た商品情報をすべて話す勢いで質問に答えることになってしまった。

サンダルと一緒に大量のハツカも買い取り、それからはいろんな村へと回った。

各地の農家にそのハツカを栽培するように促したのだ。

といっても、どこの村でもハツカなんて育てている。

新しい種類のハツカだといっても、わざわざ買い取ってまで育てようと考えるものはいない。

サンダルとセットでハツカを売るようにした。

そのおかげかはわからないが、購入者はゼロではなかった。

そこまで言うならと話半分で興味を持って栽培するものも少数だがいたのだ。

俺はそんなふうに各地を回っていたが、何かにつけて例の村の少年のことが頭に浮かんだ。

やはり、あの少年の頭の回転の速さは農民のものとは思えない。

そう感じていた俺は、なぜかまた少年に会いに行ってみる気になったのだった。

それからは定期的に北の村へと行商へ訪れた。

例の少年は毎回サンダルを持ってきてくれた。

そして、そのたびに長時間の質問攻めを繰り出してきた。

だが、それは決して嫌なものではなかった。

いつしか俺はその時間を楽しみにするようになっていた。

少年との関係は年を越しても続けていた。

村を訪れるたびに見る少年はどんどんと大きくなっていく。

その少年がいつのころからかサンダル以外も売りつけてくるようになった。

魔力茸だ。

森で取れる魔力茸は貴重であり、高値で取引される。

今まで大した利益のでなかったこの村への行商だが、これで十分もとが取れる。

だが、こんな小さな子どもが森に入っているのだろうか。

それはあまりにも危険すぎる。

せっかく知り合えた少年がまだ小さなうちにいなくなってしまうのは悲しすぎる。

俺は森に入るのはもう少し大きくなってからにしたほうがいいのではないかと忠告した。

だが、問題ない、の一点張りだ。

少年は絶対に自分は大丈夫だという確信に満ちた目をしている。

しかし、これは危険だ。

今までこのような目は何度も見てきた。

妄信的な自信を持つ若者はこれまでも数多くいたからだ。

自分ならば大丈夫。

そう言って死んでいった才能ある若者も多かった。

せめてそうならないようにしてやりたい。

そう考えた俺はほかに少年から買い取れるものがないか考えた。

そして、それはすぐに見つかった。

レンガだ。

少年の家の裏には物置として使っているレンガ造りの建物がある。

最初はこの物置のほうが少年の家かと思うほどしっかりしている建物だった。

俺はそのレンガに目をつけたのだ。

このレンガは驚くべき精度で作られていたのだ。

すべて寸分たがわず、全く同じものではないかと思ってしまうようなレンガだったのだ。

しかも、すべての面が恐ろしいほどきれいな面をしており、狂いがない。

ただ積み上げただけでもしっかりした建材になるのではないかと思ってしまうくらいだった。

そんなレンガが物置の近くの地面にゴミのように山積みされていたのだ。

なんのためにこんなにレンガを作ったのだろう。

ちらっと聞いた話ではほかの村人が勝手に持っていって使ったりもしているそうだ。

それならこっちが買い取ってやってもいいだろう。

なにせ今ならば建材となるレンガを買い取ってくれるところがあるのだから。

そう思って少年にレンガを売らないかと話を持ちかけた。

だが、その俺に対して少年は驚くべき返答を返してきた。

レンガよりもこっちを買い取らないかと、とある食器を出してきたのだ。

◇◇◇

やはりか……。

俺はその食器を目にして少年の正体に察しがついた。

見たこともないほどきれいな食器に、ガラスでできたグラスまである。

こんなものは農民が持っているはずがない。

少年の農民とは思えないほどの異常な頭の良さ。

少年はおそらく貴族出身なのだろう。

多分あれは先祖伝来の家宝に違いない。

この村でほかの農民と一緒のボロボロの服を着て生活しているところを見ると、没落した家系なのかもしれない。

それにしても、こんな貴重なものを他の人にも見せて回っているのだろうか。

話を聞きつけた盗賊がやってこないとも限らない。

俺は少年にこの家宝のような食器をむやみやたらと人に見せないほうがいいと言って聞かせようと思った。

だが、以前の森へ入るなという忠告のときのことを思い出す。

大丈夫だ、とこちらの話を聞く耳すら持たないかもしれない。

そう考えた俺は別方向から説得してみた。

それは、自分にはこの食器を売るためのコネがないから無理だというものだった。

それを聞いた少年は素直に、そうか、と頷いて、それ以降食器については話を持ち出さなくなった。

まあ、欲が出て一セットだけ格安で購入はしたのだが。

そんな風に少年とのやり取りは続いた。

早いもので少年は洗礼式を終えるほどの年齢へとなっていた。

洗礼式を終えたら、どこの家庭でも子どもの魔法によるいたずらに難儀するものだが、そんな気配はかけらもなかった。

そんな少年、もといアルスには再び驚かされることになった。

それはアルスが買った使役獣の卵がなんと騎獣型として生まれたからだ。

アルスのすごいところは常に向上心があるところだろう。

レンガや魔力茸といったものを売っているにもかかわらず、常に新しい売り物がないか探している。

以前、その理由を聞いたことがあった。

戦争に行くための武器がほしい。

それがアルスの話してくれた理由だった。

やはりそうか。

アルスは戦で武勲《ぶくん》を立てて没落した貴族家を復興させたいに違いない。

もしかしたらアルスの両親は本当の親ではないのかもしれないと思った。

何らかの理由があり、家宝を手に逃げ延びた貴族の子を預かり育てているのではないだろうか。

それはヴァルキリーという使役獣にこともなく乗りこなすアルスの姿を見て確信へと変わった。

こいつは間違いなく大物になる。

俺の中で予感がした。

ここはひとつ、より強固な関係を築いておく必要があるかもしれない。

そう思った俺は取引を持ちかけた。

アルスの育てる使役獣を専売するという取引だ。

これまで大した利益も出ないサンダルを買い取ってきた事もあったのだろう。

アルスの中でも俺のことはそれなりに信用に値する人物だと思われていたようだ。

取り決められた契約条件はほとんど対等に近いものだった。

この関係はなんとしても保たなければならない。

いずれ大きく成長し、貴族へと復帰するその時までに、今よりもさらなる信用を得なければ。

こうして、俺の人生はいつしか辺境の少年を中心に回りだしたのだった。

第四章　土地の所有

「アルス、君はすごいものを持って帰ってきましたね」

ある日、教会でパウロ神父と話していたときのことだった。

羊皮紙に書かれた文章を見て、パウロ神父がそう言ってきた。

だが、すごい、というのは何を意味しているのだろうか。

パウロ神父とは俺が洗礼式で名前を付けてもらった相手だ。

その後、俺はたまに教会に来ることがある。

それは文字を習うためだった。

このなんにもないような村で文字をまともに見たのは、洗礼式で神父が手にしていた本だけだ。

ちなみに親は両親ともが文盲だった。

習うためには教会に行くのが一番だったのだ。

雨が降って畑に出ない日は決まって教会に訪れて、本を横目に文字の講義を神父から受けていたのだった。

今回、神父が言い出したのはその文字の講義のときだった。

いつもは神父の持つ本を教材にしているのだが、このときは少し見てもらいたい物があると、俺が文字の書かれた羊皮紙を持ち込んだのだ。

その羊皮紙とは先日街まで出かけた際に手に入れたものだった。

フォンターナ家に使役獣を献上し、その際に今後の使役獣販売許可証として発行されたものだ。

「すごいって、そのフォンターナ家の許可証のこと?」

「ええ、そうです。と言っても販売許可証のことではありませんが」

「違うの? っていうことはもう一枚のほうのこと?」

「そうです。森の開拓地を正式にアルス、あなたのものとして認めているこの書類のことですよ」

そう言って、机の上にずいっと一枚の羊皮紙を俺の方に差し出すパウロ神父。

俺がフォンターナ家の家宰であるレイモンド氏からもらった書類は二つだ。

片方が使役獣の販売についてのことが書かれており、もう片方は土地の所有についてのことだった。

「父さんが気を利かせてくれたんだ。開拓した土地に税として麦を求められたら困るだろうって。助かったよ」

「そうですか。アッシラがやったのですね。ただ、この書類のすごさは税についてだけではないのです。わかりますか？」

「え……いや、わからないけど……。そんなに変わったことは書かれてないはずだけど」

その羊皮紙に書かれている内容はわずかだ。

村の北にある森を開拓した土地を正式に俺に認めること。

さらにその土地は麦ではなく金銭で税を納めること。

言ってしまえばこの二点について書かれているだけである。

「いいですか。まず、この書類には森を開拓した土地をあなたのものとして認めるとあります。それはわかりますね？」

「はい」

「では質問です。あなたが開拓した土地はどこですか？」

「え？　いや、森の木を切って整地した場所じゃないの？」

「そうです。開拓とはそういうものです。ですが、ここで重要なのは、あなたが開拓した土地、という文面です。これには、いつ、どこで、どの広さのという項目が書かれていません。すなわち、あなたがこれまで開拓した土地とこれから開拓した土地すべてが含まれるのです」

「えーっと、屁理屈みたいだけどそうなるのかな？」

「さて、ここに次の文面の内容が加わります。税を麦ではなく金銭で支払うという内容です」

「それがなにか問題があるの？」

「貴族であるフォンターナ家から正式に土地の所領を認められ、その土地に応じた税を納める。だがそれは麦ではない。ということは農地でなくとも問題がないということを意味します」

「えっと、そうですよ。もともとが使役獣を育てるための土地で麦を作るためじゃないっていう理由からだし」

「いいえ、使役獣を育てるための土地という表記はどこにもありません。すなわち、この土地で何をしても問題がないということになります」

「つまり、どういうこと？」

「ようするにあなたはフォンターナ家から豪族に近い扱いをすると言われたのですよ」

どうも俺には貴族や権力者のことを話されてもピンとこない。

パウロ神父にはその後もわからないことを尋ねまくった。

で、結局わかったのは貴族というのは土地の支配者ではあるが、完全無欠の帝王様ではないということだ。

フォンターナ家はフォンターナ領という土地を治めてはいるが、その領地を完全に掌握しているわけではないらしい。

中には古くから一部の土地を支配している豪族がいて、そういう豪族にはある程度特権を与える代わりに傘下に加えるという形で土地を治めているのだそうだ。

対価は金銭などを納めることと、いざというときに戦力となる兵を出すことが一般的だという。

そして、今回の書類を読む限り、その豪族と同じような扱いを俺にも適用させているのだとパウロ神父は言いたいらしい。

「なんでそんな特別扱いをしてもらったんだろう。騎乗できる使役獣が生まれたからってそこまでしないよね？」

「多分、アルスがここまで広い土地を持っている、あるいは開拓できるとは夢にも思っていなかったのでしょうね」

パウロ神父がいうには土地というのは多くの人にとってかけがえのない財産ではあるが、持って移動できない不動のものであるという側面もあるという。

今回、俺が騎乗可能なヴァルキリーという使役獣をフォンターナ家に献上した。

そこで、フォンターナ家としてレイモンド氏はこう考えたはずだ。

農家の長男でない俺が独り立ちして、別の貴族が治めるよその土地に行き、そこで使役獣を生産されると困る、と。

どうせなら、一生この地で使役獣を作り続け、フォンターナ家の利益となってほしい。

であれば、使役獣の餌を作るために森を開拓した土地を正式に、両親ではなく俺個人の所有にすればいい。

そうすれば、その土地に一生縛り付けることができるはずだ、と。

だが、レイモンド氏は俺の開拓力を知らなかった。

まさか、地主、豪族と名乗りかねないほどの広さの土地を開拓する力があるとは夢にも思わなかったのだろう。

結果、略式の文章によって俺の土地所有を認めた。

そのために、俺は増やせば増やすだけ土地の領有を認めてもらい、自由にその土地を使用できる権利を得るに至ったというわけである。

つまり、俺はこの地でお金さえ支払っておけば何をしてもかまわないということになる。

どうやら俺は自分でも気が付かないうちに豪族へとジョブチェンジしてしまっていたようだった。

って言っても、何をしていいのかはさっぱりわからないが。

とりあえず、やるべきことをしっかりやるだけだと思い直したのだった。

◇◇◇

「うーん、手が回らないな」

もらえるものは遠慮なくもらっておこう。

そう考えるのは当然のことだろう。

俺はパウロ神父に言われた内容で、自分にとって一番重要だった「土地の面積に制限がない」というアドバイスをもとに行動を開始した。

つまりは開拓である。

ヴァルキリーの背に乗って移動しながら森に生えた木を根本から崩すようにして次々に倒していく。

その木を「角なし」が引っ張っていき、空いた地面を整地してならしていく。

こうしてどんどんと土地の面積を広げていったのだ。

だが、土地を広げたところで収入は増えない。

お金を得るためには商品を作り上げなければならないのだ。

今、俺の持つカードはつぎのようなものだ。

ヴァルキリー種という使役獣の販売。

【レンガ生成】というオリジナル魔法で量産したレンガの販売。

【魔力注入】を使って栽培した魔力茸の販売。

ハツカを始めとした畑での収穫物。

これらのことをこなしていかないといけない。

使役獣の販売だけでも問題ないと思うが、いつ何があるかわからない。

もしかしたら、角を切った使役獣が早死するかもしれないし、そもそもの使役獣の卵がずっと安定的に補充されるかどうかも保証はないのだ。

だが、レンガの販売は今後特需がそう遠くないうちに終わってしまう可能性が高い。

魔力茸は需要がつきないと思うが、原木を用意しなければならない。

森で倒木状態になっている木が使えることは使えるのだが、きちんと枝を切り落とし、丸太状態にして保存しておかなければならないのだ。

さらに問題になるのが畑の収穫物だ。

土を耕すのは魔法で一気にできるが、植えたり収穫したりするのは人力である。

これが思った以上に時間がかかってしまうのだった。

「よし、誰かに頼むか」

とにかく早いうちに土地の面積を広げたい。

俺のやるべきことは開拓のみに絞ってしまうことにした。

だが、安定収入を得られるように保険を確保しておく意味でも他のことを疎かにはしたくない。

そこで出た結論は他の人にやってもらうということだった。

押さえておくべきポイントはお金は人任せにしないということだろうか。

横領、ピンハネ、不正の数々。

そんなことももちろん問題になるのだろうが、この村ではそれ以前にまともに数を数えられないんじゃないかと思う人がほとんどなのだ。

どうも、普段から商売をしてお金の数を数えているのならともかく、物々交換で生活していると数という概念すら気にしないものらしい。

その時々で等価交換だと当人同士が納得さえすればそれでいいのだから。

そんな状態の人たちに財布を預けるわけにもいかないだろう。

であるならば、単純作業を頼むしかないか。

日雇いのバイトをしてくれる人を探すか。

木の枝を切ったり、作物を植えたり収穫して規定の倉庫に保管するという仕事をやってもらえばいいか。

こうして、俺は土地のオーナーとして動き出したのだった。

◇◇◇

「おいおい、水臭いじゃないか。俺のことを忘れんなよ、アルス」

俺が事業計画の話を夕食時にしたときだった。

俺としては村人で誰かやってくれる人がいないか聞くつもりだったのだ。

だが、その話を聞いて飛びついてきた人がいる。

バイト。

アルバイトという意味ではなく、バイトという名前の男。

俺の兄で、我が家の二番目の子どもの男子だった。

「バイト兄が働いてくれるのか？　結構大変だよ？」

「何言ってんだ。他のやつに話を持っていくなんてありえねえだろ。俺にまかせとけよ、アルス」

「母さん、バイト兄がそう言ってるけど、かまわないかな？」

「うーん、しょうがないわね。でも、麦の収穫期はバイトもアルスもうちのことを手伝ってもらうからね」

「りょーかい」

どうやら、両親は弟の俺のもとで兄が働くということを認めるようだ。

まあ、真面目にやってくれると言うのなら俺にも文句はない。

……やってくれるよな？

バイト兄は普段から家の仕事をサボって遊びに行ったりしているのを見ている身としては不安がある。

最悪、やらなかったり問題を起こしたらクビにすることも考えとこう。

「で、何が狙いなの、バイト兄？」

「決まってんだろ。ヴァルキリーを俺にも一頭くれよ。お前ばっかりヴァルキリーに乗るなんて生意気なんだよ」

「そういや、俺が乗ってないとき、勝手に背中に乗っていたっけ。そんなにヴァルキリーが気に入ったの？」

「あったりまえだろ。英雄と呼ばれる男はみんな颯爽《さっそう》と騎獣に乗ってお姫様を助けるために駆けつけるんだ。男ならみんなそれに憧れるってもんさ」

なるほど。

わからんでもない。

それに、これ以上ない取引だろう。

普通は騎獣型の使役獣なんてそうそう買えないのだ。

それを身内の仕事の手伝いをするだけで手に入れられるチャンスとくれば、バイト兄が飛びついてきたことにも納得できる。

だが、甘いぞバイト兄。

期限はしっかりと決めておけと俺は学んだのだ。

使役獣一頭でこき使ってやろうじゃないか。

こうして、俺は兄を従業員として雇い始めたのだった。

「なあ、アルス。ひとつだけ言ってもいいか？」

「なんだよ、バイト兄」

「お前の隠れ家ってすっげえダサいよな。牢屋みたいだぞ、これ」

仕事の手伝いを正式にしてもらうことになった俺の兄であるバイトに暴言を吐かれた。

俺が作った隠れ家にケチを付けるのか。

だが、言わんとすることもわからんでもない。

というか、ほんとに牢屋みたいなのだ。

俺の隠れ家は森を開拓した際に作った建物だった。

この隠れ家を作ったときは、家から離れた森のなかに作るために時間と手間がかかるのを嫌って魔法で手早く作り上げたのだ。

だが、建物を一気に作ると失敗してしまう。

そこで、建物そのものではなく壁を作り上げたのだ。

高さ五メートル、幅五メートルという壁をドンドンドンと三つ、コの字になるように整地した地面から垂直に建てた。

そして、あとはもう一つの壁をアーチ状の入り口のあるものにしてロの字の形にしたのだ。

地面と接地していない屋根だけはレンガを作って自分で重ねていくという手間のかかったものだ。

要するに、俺が作った隠れ家はキューブ型、あるいは豆腐建築なんて呼べるクソダサ建築だったのだ。

ちなみに壁の厚さは二メートル近くある。

そのため牢屋のようだというのもあながち間違っていないかもしれない。

「……俺をナメるなよ、バイト兄。俺は日々成長する男なんだよ」

今まで隠れ家を使うのは俺の他にヴァルキリーたちだけだったので、あまり気にしたこともなかった。

だが、確かにこのままでは良くない。

広い土地を持っていて牢屋がぽつんとあるのでは格好がつかないだろうし。

こうして、兄の一言から俺は隠れ家のリフォームへと乗り出したのだった。

◇◇◇

「まずは、あの方法を試してみるか」

隠れ家のことは別にして、建築について興味を惹かれる出来事は以前にもあった。

それは行商人と一緒に街に出たときのことだった。

俺たちが行ったフォンターナの街では木造建築は全然なく、ほとんどのものがレンガ造りの建物だった。

そして、街では外周にある壁を拡張工事しているところであり、常にどこかで建築に関わる人を目にしていたのだ。

その街で俺の作ったレンガも使用されている。

そう知ったら、どういう風に建物が作られているか気になるのは自然のことだった。

俺と父が宿泊した宿は新築だった。

拡張工事をしている労働者ではなく、商人が泊まるためのものだが、拡張工事という好景気から最近作られたものだったそうだ。

俺はその宿に注目したのだった。

宿はそこまで大きいものというわけではない。

道路に面したところに玄関があるが、横幅はそこまで広くなく、奥へ続くタイプの建物だった。

建物自体は二階建てであり、玄関を入ると受付カウンターがあり、カウンターの隣には階段がある。

一階部分はカウンターの奥が食堂、厨房、そしてマスターの生活部屋だ。

二階に上がると部屋が廊下の片側に並んでいる。

部屋数は六だが、一つひとつはそこまで広くない。

ベッドでも置けば、部屋のスペースは半分がなくなってしまうくらいの広さだった。

俺はそのとき泊まった宿屋をしっかりと観察していた。

ただ見て回っただけではない。

魔力を使って調査したのだった。

やり方は練り上げた魔力を宿屋に使われているレンガに染み込ませるようにして、建物全体に薄く広げていったのだ。

俺が土系統へのものに魔力の馴染みが良いというのもあったのだろう。

レンガへはそれほど苦労することなく魔力が染み込んでいき、あまり時間もかからず建物全体へと魔力を送り込むことに成功した。

そして、その状態で魔法を発動させたのだ。

【記憶保存】の魔法を。

たまたま宿屋に泊まったときに思いついて試しただけだった。

だが、これが思いのほかうまくいった。

俺は瞬時に建物全体の形を、寸分の狂いもなく覚えることに成功したのだ。

よくコンピューターでCGを使って建築予定図を表示する方法があるが、それに近いのかもしれない。

全体のグラフィックが脳内にインプットされている状態になったのだ。

この完璧に記憶した宿屋を作れば兄も驚くに違いない。

そう考えた俺は宿屋再現実験を行うことに決めたのだった。

◇◇◇

初めて魔法で建物を作ろうとしたときには、魔力がすべてなくなってしまい気絶してしまった。

そのときに得た教訓は、建物は面積や建材の量ではなく、空間容量によって魔力消費が違ってくるという仮説をたてた。

それはおそらく間違いではないと思う。

だが、今回はその仮説を脱却して建物を一気に建ててみようと思う。

その考えのもとになったのは、宿屋の構造把握に魔力と【記憶保存】を使ったことが関係している。

現実に存在する建物に使われたレンガに魔力を通し、建築物を把握し、それを完璧に記憶した。

そう、このときの俺は魔力を空間全体ではなく、建物の形にあわせて記憶していたのだ。

思うに、俺が脳内でイメージした建物を作ろうとした場合、内部空間がどうなっているのかはっきりと意識していなかったように思う。

イメージしていたのは常に外から建物を見た姿だったのだ。

これが無駄に魔力を消費していた原因になっている気がする。

だが、今回は実物を丸々記憶したので、内部の構造は階段からカウンターの幅まで完全に覚えている。

であるならば、あとは魔力をその形に再現してから魔法を使えば、魔力の無駄遣いをせずにすむのではないだろうか。

そう考えた俺は静かに魔力を練り上げ、その魔力を一度地面の土へと流し込んだ。

宿屋に使用する土へと魔力を送り込む。

なんとなくだが、今までの魔法使用経験から、無駄遣いがなければ建築できる魔力量だと感じる。

スーハーと息を整える。

意識を集中して、魔力操作を続けた。

以前、魔法陣を覚えて自分で使うときには苦労した。

あのときは目で見た魔法陣を自力で再現するというところが難しかったのだと思う。

しかし、今回は違う。

建物を覚えたのは視覚情報ではなく、魔力によってだからだ。

覚えた魔力の形を再現すればいい。

宿屋の構造そのままに魔力の形を変化させていく。

時間をかけて丁寧に、しかし、魔法陣ほど疲れることもなくスムーズに再現していく。

最後まで集中を切らすことなく魔力で建物を作り上げ、最後の仕上げにその魔力をレンガという形あるものへと変換する。

「……できた。成功だ」

こうして、俺は恐ろしいほどの短時間で宿屋を作り上げたのだった。

出来上がった宿屋、もとい新築の我が隠れ家を見てガッツポーズを取る。

建築物の再現は完璧だった。

どこからどう見ても街で宿泊した宿だった。

中に入ってみる。

入り口を通り、受付カウンターの奥へ行くと大して広くない食堂スペースがあり、その奥に厨房と生活スペースもある。

入り口へと戻り、階段を登っていく。

階段もしっかりした作りでおそらく建物が急に崩れるようなこともないだろう。

以前俺が作った旧隠れ家の壁が異常に分厚かったのも崩落の危険性を考えてのものだった。

建築の素人の俺が作った場合、耐震性の脆弱なものにならないかと心配だったのだ。

この新しい建物はもともとはこの世界のプロが建てたものだと思うので、少なくとも俺が作るよりは遥かにいいだろう。

「だけど殺風景だな……」

だが、新築が完成したものの、少し頭の中のイメージとは違っていた。

俺の中では宿の再現を目指していたのだ。

それは建築という面だけで言えば実現できているはずである。

しかし、住居として考えると不完全と言わなくてはならない。

なぜなら、扉のたぐいのものが存在しないからだ。

入り口も開けっ放しであれば、各部屋の間仕切りにも扉がない。

食堂や厨房もテーブルや棚のようなものがない。

ようするに土から建物を再現したものの、建物に付属するものはなにもないのだ。

まあ、仕方がないか。

そういう風に魔法を使ったのだから。

贅沢は言いっこなしだろう。

仮説と実感があったものの、この規模の建物を一度に魔法で作り上げることができるとは以前ならば考えられなかったからだ。

俺の成長の証と考えておこう。

「扉以外も必要なものもありそうだな」

さらに他にも気になる点はある。

やはり他の建物を丸パクリしたつけが出ている。

というのも、街にあった宿屋は城壁都市の中にある建物の宿命として、他の建物と密接して建てられたものだったということがある。

要するに、本物の宿屋の隣には別の建物があったので、宿の壁面はなんの飾り気もないのっぺらぼうのようなものだったのだ。

街の中であれば他の建物があるため側面の壁など見えないので、気にもならないだろう。

だが、俺が開拓した土地は広く、隣に建物など存在しない。

横から見るとまたバイト兄からダサいだの何だの言われてしまうかもしれない。

「ちょっとだけ、建物も増築してみるか」

そう考えて俺は新たに魔法を発動した。

建物の家の高さに合わせて、側面にレンガの壁を建て、ぐるっと取り囲んでいく。

ここはこれからも増えるであろうヴァルキリーたちの寝床にしようと思う。

そうして、反対側の壁にも同じように壁を作り、ぐるっと囲む。

こちらは収穫物を保管しておく倉庫にでもしておこう。

ただ、やはり壁を作って取り囲む事はできたものの、屋根の部分は手作業で作ることになった。

どうも脳内イメージだけでは建物そのものを一度に作り出すことができないらしい。

時間をかけてレンガを積み上げていったのだった。

◇◇◇

「なあ、アルス。ちょっといいか？」

「どうしたの、父さん？」

「木こりたちがいるだろ。あいつらが怒っているんだよ」

俺が新築に一段落を終えて家に戻ってきたときだった。

父がそう言って話しかけてきたのだ。

ちなみに、いずれは自分の拠点を開拓地に移そうと考えている。

だが、家具も道具もないので今はまだ家に帰って母の手料理を食べている。

いつものように夕食を楽しみにしていたときに父から厄介事の話を持ち出された。

どうやら、村にいる木こりを生業《なりわい》としている人たちの間で不満が高まっているらしかった。

「何がどうしたの？」

「それがな、お前が森の木を倒しているのに文句を言っているんだよ」

なるほど。

話を聞いていくと、木こりたちが言いたこともわかってきた。

元々、この村は周囲を木の柵で囲んでおり、その外には森が広がっていた。

そこで木を切る専門職の人もいたのだ。

だが、最近になって森の状況に変化が現れた。

それが俺の存在だと言う。

普通、木を切る作業というのは非常に大変だ。

斧を叩きつけて木を切るという作業そのものが大変だ。

だが、その切った木を移動させるのも重労働なのだ。

そういえば、テレビで見た伐採シーンなどでは切った木を流れのある川に落として下流で受け取ったりしている方法もあったように思う。

だが、このあたりは基本的に平地なので、引きずっての移動となる。

そんな重労働を俺は魔法と使役獣の存在でゴリ押し気味に乗り切っている。　それが木こりたちには許せないのだろう。

何より、自分たちの仕事に関わることで、稼ぎに直結してくる問題だ。

文句の一つも言いたくなる気持ちもわからなくもない。

どうしたものか……。

理論武装で対抗するなら、木を切って開拓した時点でその土地は俺のものであり、俺の土地であればその木をどうするかは俺の自由だ、ということはできる。

だが、それをすると揉めそうだ。

俺はさっそく土地問題で頭を悩ませることになったのだった。

「おお、ずいぶんいい酒だな。どれ、一杯もらおうかな」

そう言って俺が手渡した酒壺を傾けてコップへとつぎ、あっという間に飲み干していく。

そんなふうに酒を飲んでいるのは、マドックという人物で、村にいる木こりの一人である。

父から聞かされた木こりの怒りについてだが、言ってしまえば又聞きの状態であり、当人から直接聞いたわけではない。

そこで、意思疎通をしっかりとしておくためにも、俺の方から手土産を持って木こりのもとへとやってきたのだ。

ちなみに今マドックさんが飲んでいる酒は街でお土産用に買ってきたものだ。

飲むのを楽しみにしていた父が泣きそうな顔をしながら提供してくれた貴重なものだった。

「それでどうしたんだ？　原木の数が足りなくなったのか？」

「いや、それとは違うことだよ。実は木こり連中が俺に対して怒ってるって聞いたからさ」

「ああ、なるほどな。それでわしのところに聞きに来たのか」

マドックさんはなるほどと言いながら顎に手を当て、ひげを擦る。

白髪の交じる人のいい爺さんがそういう仕草をするとずいぶん様になるなと思ってしまう。

マドックさんと俺の関係は魔力茸の栽培から始まった。

魔力茸を育てるための原木の入手をマドックさんに依頼したのが始まりだった。

それ以来、ずっと付き合いがあるため、トラブルを防ぐためにも俺に理解のあるマドックさんの意見を聞きに来たというわけだ。

「怒っているというのは言いすぎかもしれんのう。ただ、あまりいい感情を持っていないものもいるという点では間違いないかもしれんな」

「そうか……、やっぱり俺が木を取りすぎているのが問題なのかな。でも、これからも開拓は続けるつもりなんだけど……」

「ふむ、確かにお主が森の木をたくさん取っているのは事実だな。だが、表立って文句を言うやつはそういないだろう」

「え、なんで？　不満を持っている人がいるんでしょ？」

「確かにそれはいる。だが、森の木を切ること自体はこの村の使命でもある。さらに、お主は貴族様に森の木を切るように頼まれたのじゃろう？　なら文句は言えんて」

ん？

貴族に頼まれた覚えはないのだけど。

もしかして、俺が貴族から許可証をもらってきたことを、村の人はそういう風に受け取ったんだろうか。

　事実とは違うけど、それならそれで言い訳にでも使えるのかもしれないな。

「でも、木こりたちが怒っているのは本当なんだよね？　なら、何か取り決めでもしたほうがいいのかな。俺がむやみに木を売って他の木こりの稼ぎが減らないように気をつけるとか、森のどこの木を切るか決めておくとか」

「うーむ、それも一つの手ではあるじゃろうな。だがな、お主は本質がまったくわかっておらんの」

「本質？」

「そうだ。この場合、我ら木こりが何に対してお主に怒りを覚えているのかを理解しておらんとなんの意味もないぞ。アルス、お主にはそれがわかるか？」

「……生活の不安じゃないの？　俺のせいで利益がなくなるのを不安がっているとか」

「違うな。少なくともわしはそうは思わん」

「じゃあ、なんなのさ」

「それはな、お主の行動が我らの誇り、矜持《きょうじ》、まぁ、言い方はいろいろあるじゃろうが、そういったものをないがしろにしているのが気に食わんのだよ」

「はあ？　そんなつもりまったくないんだけど。木こりの人をバカにしたことなんか一度もないぞ」

「だから、理解できておらんと言っておるのだ。よいか、我らは木こりの家に生まれて、木こりとして育ち、木こりとして死んでいく。そんな木こりにとって、森の木というのは生活の糧でもあり、宝でもある。木を切るという行為に誇りを持って仕事をしている。それはわかるか？」

「うん」

「ならば、その森の木をなぎ倒して放置しているお主のことをどう思うと思う？　倒れた木が腐って使い物にすらならなくなるのを見て、どうして平静でいられると思う。お主の行動は木こりにとって誇りを、そして人生をバカにしているようにしか見えんのだよ」

「……そうだね」

「だが、さっきも言ったように森を開拓して土地を広げることはもともと我らの願いでもある。貴族様の依頼というのも知っておる。だから、文句を言うやつはいないか、いても小言くらだろう。だがな、確実に心の奥底で不満は溜まるはずじゃ。お主にはそれを知っておいてほしいのじゃよ」

そうか。

もしかしたら、木こりの不満や怒りについて父はマドックさんから聞いたのかもしれない。問題が大きくなる前に、知らせておくために。

確かに、開拓することばかりにかまけていて、他の人のことを見ていなかったかもしれない。

一度、落ち着いて考えてみる必要があるかもしれない。

マドックさんの話を聞いて、俺は深く考え込むのだった。

「マドックさん、俺の仕事を手伝わない？」

木こりの怒りの源流が理解できた俺はしばらく考えた末に、マドックさんにそう言った。

「仕事とはなんのことを言っておるのだ？　お主のしておる開拓のことかの？」

「ちょっと違うかな。さっきのマドックさんの話を聞いて考えたんだ。これからは森の管理をしてろうかと思う」

「うん。森を愛する木こりたちの不満もなくして、開拓をしたい俺にもメリットのあることって言ったらそれしかないかなって思う。今の自然に任せた森じゃなくて、人が管理する人工的な森を作ろうかと思う」

「森の管理じゃと？」

「待て待て、そんなことができるはずがなかろう。森というのはそういうものではない。自然の力というのは人の力の及ばぬ大いなるものなのじゃ」

俺の言った内容を聞いて即座に反対意見を述べてくるマドックさん。

だが、それほど間違ったことを言っているつもりはない。

というよりも、ただの思いつきではない。

前世での知識がそのほうがいいと結論づけているのだ。

俺の開拓スピードは異常だと自分でも思う。

村の北に広がる森が広大であるとは聞いているが、それがどれほどの広さなのかは村の中で誰も知らない。

奥まで迷い込んだら帰ってくる人がいないと言われているからだ。

だが、俺の魔法とその力を受け継ぐヴァルキリーたちの力を合わせれば、森の広さが大きく減ることになると考えられる。

森林破壊は深刻な環境破壊だ。

大地から木がなくなると、その土地の保水力は激減することになる。

そうすると畑では収穫物が取れなくなるだろうし、雨によって栄養のある土壌がすべてなくなるかもしれない。

ひどい場合には砂漠化する可能性もある。

環境破壊だけの問題にはとどまらない。

環境破壊だけで言えばおそらく俺が生きている間にはないかもしれないので、むしろ別の問題が出てくる可能性のほうが高いだろう。

それは薪の消失だ。

もし、すべての木を取り尽くしてしまった場合、薪の入手が困難になる。

これはこの地で生きていると恐ろしい事件になる。

前世でガスや電気で暖房がとれているときには薪について考えることなどなかった。

だが、この世界では薪を暖房に使っているのだ。

生活魔法で【着火】はできるが、薪がなければ燃やすものがないという状況になる。

そんな状態で冬が訪れれば全員凍死間違いなしだろう。

そのための対策を今から考えておくことは悪いことではないと思う。

森の管理、言ってしまえば林業をやっていこうと思う。

適切に管理された森は人間にとって非常に有益だと聞いたことがある。

先程のように森林破壊の影響を抑えることができるのもそうだ。

さらに、上質な森林資源を安定的に入手できるという点もあるだろう。

自然に任せた森では木と草が大地に光を届かせなくするくらい生えてしまう。

そうするとあまり太い、しっかりした木には育ちにくいのだ。

適度に間引いて日当たりを良くすることで丈夫な木材として加工できるだろう。

それに、俺の事業プランには魔力茸の栽培も入っている。

魔力茸を生産するには原木が必要になるのだ。

わざわざ森を食い尽くすようなことをするのは俺も望んでいない。

「というわけで、森を管理しておきたいんだよ。言ってみれば畑に木を植えるようなもんだね。でも、俺は野菜や麦を育てた事はあっても樹木のことはあんまり知らないんだよ。だから、マドックさんのような森の専門家に手伝ってもらえないかなと思ったんだ」

「ううむ。正直なところ、森の木がなくなったあとのことなど、本当にそうなるのかわしには想像もつかんのだが……」

「そうかもしれないね。でも、森の管理の有効性はなんとなくでもわかるでしょ。それに、マドックさんが賛成してくれなきゃ、どのみち俺が無秩序に木をなぎ倒していくことになるかもよ。それを防ぐ意味でも俺と一緒に行動しておいて損はないと思うけどね」

なんか、自分で言ってて半分脅迫みたいな言葉になってきたなと感じる。

だが、迷ってはいるもののマドックさんも興味を示し始めてくれているようだ。

しばらくして、他のみんなにも相談させてくれと言ってきたので、その日は俺も家へと戻った。

結局、数日後にマドックさんは俺の言葉を木こりたちに伝えて説得してくれたようだった。

俺の話す内容に木こりたちは半信半疑だったようだ。

だが、マドックさんがあの子どもを見てくれるならもう少し様子を見てみるか、という意見で落ち着いたようだった。

こうして俺は北の森を開拓しつつ、管理していくことになった。

どうでもいいが、俺が森を管理するというのを認めるのは、森が俺のものだと認めたようなものだがいいのだろうか。

木を見て森を見ず、ではなく木を見て土地を見ずとでも言えばいいのだろうか。

これを期に村から北はなんとなく俺の管轄だという雰囲気が村の中で広がり始めるのだった。

森を開拓していく。

結局、俺の仕事は木を倒して整地をして使える土地を広げながら、新たに届けられる使役獣の卵からヴァルキリーたちを孵化させていくことがメインとなった。

木の管理はすべてマドックさんに任せることにした。

正直手が回らない上に、木のことに対しては向こうのほうがはるかに俺よりも熟知している。

倒木から枝を切り落とし、適度な長さに切って丸太として保管する。

さらにその中から魔力茸の栽培に使える原木の用意もしてもらうことにした。

俺は【魔力注入】して魔力茸が栽培できるようにするだけでいいのでかなり楽になった。

ちなみにマドックさんの知り合いに木工技術の腕が優れた人もいた。

その人も雇うことに決めた。

俺の建てた宿屋の建物はレンガだけの構造物で、それに合わせるための扉や棚、机や椅子といったものも必要だったからだ。

開拓した土地にはハツカなんかを育てる畑もある。

そちらはバイト兄に任せた。

驚いたことにバイト兄は俺よりも数歳年上というだけでまだ成人していないはずなのに結構人を使うことがうまいらしかった。

バイト兄は俺が雇った際にあげた角なしヴァルキリーにひどく惚れ込んでいた。

そして、俺のように背中に乗って走り回りたいと考えたようだ。

だが、それにはかなりの技術と体力がいる。

そのための練習時間を確保するために、バイト兄自身が仕事を手伝わせるための連中を集めてきたのだった。

戦で親をなくして困窮している子どもを中心に、村での仕事だけでは食い足りないという人も少なからずいる。

そういった人たちに声をかけて畑の農作業を手伝わせているのだ。

バイト兄自身はお金を持っていない。

それなのにどうやって人を雇っているのかと思ったら、収穫した農作物を一部与えていたようだ。

俺の場合どうしても人を雇うとなると現金を用意しなければと思ってしまいがちなのだが、貧困している人にとっては現物でも十分だったのだ。

結構年上のおっさんも喜んでバイト兄の仕事を手伝っているところを見ると、兄の人柄も関係しているのかもしれない。

そんな風にして俺の生活はだんだんと開拓地が中心となって回っていくようになってきたのだった。

◇◇◇

「畑が荒らされてる？　バイト兄、誰が犯人とかはわかっているの？」

「ああ、足跡が見つかった。つっても人間がやったわけじゃないけどな。畑を荒らしたのは大猪だよ」

「マドックさんも足跡は確認したんだよね？」

「うむ、間違いないじゃろうな。しかも、タチが悪いことに複数の足跡が見つかっておる」

「タチが悪い？」

「そうじゃ。その足跡は大猪の成獣が二匹のほかにも、いくつか子どものものが混じっておったのじゃ」

「子どももか……、もしかして味を覚えたのかな？」

「おそらくな。厄介なことになるかもしれんぞ」

「何のんきなこと言ってんだよ。もう十分厄介だっつうの。大猪にびびって仕事を断るやつもいるんだぞ」

俺が八歳になった年のことだった。

ある日、家に帰るとバイト兄とマドックさんが雁首《がんくび》揃えて俺の帰りを待っていたのだ。

その内容は畑の獣害だった。

畑を荒らされるというのはなかなか大変な事件である。

確か、前世でもイノシシの被害はニュースになっていたように思う。

イノシシというのは結構賢い生き物だ。

畑に入らないようにと電気が流れる罠を仕掛けるケースがある。

触れたらビリビリと電気が走るワイヤーのようなものを畑の周りに張り巡らせておくのだ。

畑に侵入しようとしてそのワイヤーに触れれば感電し、逃げ帰ることになる。

だが、この罠はすぐに効果がなくなったという。

イノシシが学習したからだ。

ワイヤーに触れると痛い、だが目の前の畑の野菜を食べたい。

そう考えたイノシシは自分の体で丸太などを押し込み、ワイヤーごと罠を引き倒して畑に侵入するようになったのだという。

結局、これぞ決定版だという罠はなく、イノシシと罠の仕掛け合いでいたちごっこを続けることになったと聞いたことがある。

この世界でも大猪の被害はでる。

が、最近はあまりなかったそうだ。

理由は単純明快だ。

森には大猪が食べることのできる食料が豊富にあったからだ。

雑食性の大猪は巨大森林というフィールドですくすくと育っており、わざわざ麦を植えることが多い畑へと食べ物を求めてやってくることが少なかったのだ。

だが、なぜ今、俺の開拓地で大猪による畑荒らしが増えてきているのか。

多分、俺が開拓していることが原因なのだろう。

一部では保護林のように木を間引きながらも森林を残しているのだが、すべての木を倒して開拓しきってしまう所も多い。

しかも、魔法によって整地してしまうため、以前の森のように豊富な生態系がなくなってきているのだ。

おそらく、食糧事情が悪くなったとか、他の動物との餌の取り合いに負けて縄張りを失ったとかそういったところだろう。

問題は大猪の特性にある。

正確にはわからないが、村で言われているのは、大猪は幼少期によく食べたものを生涯好んで食べるようになるという点にある。

しかも、それは親から子へと受け継がれるのだという。

俺の畑にはヴァルキリーたちの食料となるハツカが植えてある。

それを世代交代してでも狙われ続けることになる可能性があるということだ。

これは非常に困る。

こうして、俺は大猪への対処に迫られることになったのだった。

◇◇◇

「フゴ、フゴ」

俺の両目は畑にいる大猪を見据えている。

俺が作った畑に鼻を突っ込むようにして土の中にある野菜をほじくり返してそれを食べているのだ。

ガリガリ、モシャモシャと美味そうに食っている。

それも当然だろう。

俺が品種改良して育て上げた野菜はどれも美味しいものだからだ。

だが、その中でもハツカが好んで食べられているようだった。

噛みごたえがあって好きなのだろうか？

ヴァルキリーといい、よくあんな硬いものを平気で食べられるものだなと感心してしまう。

「それにしても、大猪っていうだけあってでかいな」

遠目から確認するだけでその大きな体が目についてしまう。

多分全長三メートルくらいの大きさなのではないだろうか。

俺の知るイノシシとは訳が違う。

しかも、その豚鼻の隣には二本の大きな牙がある。

あんなもので突き刺されたら生きていられる人間などいないだろう。

「で、こういう場合ってどうするんだ？　誰かあれと戦えるのか？」

「いや、無理だろ。弓矢が刺さらないみたいだぞ」

「まじかよ。どうすんだよ、バイト兄」

「アルス、お前がなんとかしろ」

「無茶言うなよ。貴族様にでも頼んで退治してもらったほうがいいんじゃないか？」

「いや、頼んでも来てくれないじゃろうな。大猪の被害があると言っても食べられておるのはハッカじゃ。そんなもので貴族が戦力を送ってくれることはないじゃろうて。そもそも大猪に敵うものなどおらんじゃろう」

なんだよそれ。

いざというときに頼りにできないんじゃ、意味ないだろうと思ってしまう。

だが、確かに今のところ実害はハッカばかりだ。

訴え出ても貴族からしたら貧乏農家御用達のクズ野菜が食べられたくらいで出動を要請されてもまともに受け取ってもらえないか。

やはり、自分たちでなんとかするしかないか。

というか、バイト兄にいたっては俺に丸投げのようだ。

英雄に憧れているなら化け物退治にでも精を出してほしいものである。

「まあ、どうにかするしかないか……。ちょっと考えてみるよ」

文句を言いたい気持ちをぐっとこらえて、俺は大猪退治について考えることにしたのだった。

◇◇◇

「よし、いいかヴァルキリー。作戦通りに行くぞ！」

「キュイ！」

畑を荒らす巨大なイノシシたち。

我が物顔で俺の大切な収穫物をガツガツと喰らい続けるコイツラを始末するために俺は一計を案じた。

だが、それを実行に移すのはなかなか怖いものがある。

それは俺が大猪の眼の前に出ていかなければならないからだ。

三メートル近い野生の生き物なんて早々お目にかかれないだろう。

それが強力な武器として二本の鋭い牙を持っているのだ。

おそらく、あの巨体から放たれる突進攻撃を受ければかすっただけでもただではすまないだろう。

いざ、行こうとしても恐怖に体が震えてしまった。

その震えをヴァルキリーは感じ取っていたのかもしれない。

俺が落ち着くまでじっと待っていてくれた。

体を触れ合わせてヴァルキリーの体温を感じていく。

そうすると不思議と怖さがなくなってきたのだ。

最後に深く深呼吸して、ヴァルキリーに声をかけた。

俺の恐怖がコントロール可能な範囲に落ち着いていることを感じ取ったヴァルキリーは、その声に答えるように動き始めたのだった。

フゴフゴと鼻を鳴らしながらハツカを食べる大猪の親子。

そこにヴァルキリーの背に乗った俺が遠くから助走をつけて近づいていった。

ヴァルキリーの足が地面をけるたびにそのスピードを上げていく。

どんどんと周りの景色が後ろに流れていく速さが増していき、ついにはトップスピードに達した。

ドンッと空気の壁を体に感じるほどの速度だ。

ここまでの速度で走るヴァルキリーに乗るのは初めての経験だった。

だが、なんとか体にしがみつくようにして、振り落とされることなく騎乗し続ける。

遠くから見えていた大猪の体が近づくに連れて鮮明になってくる。

やはり大きい。

その大猪が接近してくる俺とヴァルキリーの存在に気がついて、顔を振り向けた。

ギュッと両足の太ももに力を入れてヴァルキリーの体を挟み込む。

そうして左手は手綱をしっかりと握り、右手だけを前方へと突き出した。

上下に揺れながら走るヴァルキリーの動きに合わせるように呼吸をする。

そして、俺は事前に練り上げていた魔力をその右手へと集中させた。

「散弾！」

接近する俺たちに向かって警戒を強めた大猪。

その横を通り過ぎるように走るヴァルキリーの背中で俺は魔法を発動させた。

手のひらからゴルフボールほどの大きさの石を発射したのだ。

しかも、その石は単体ではない。

いくつもの石を同時に右手のひらから同時に放ったのだ。

散弾、と叫んだものの呪文化はしていない。

完全に頭の中でのイメージだけで放った魔法だ。

地面に触れてさえいればもっと効果範囲の広い魔法が使用可能だと言うのに、地面に触れていない今の場合だと小さな石を飛ばすことしかできない。

しかも、魔法を使うのは移動するヴァルキリーの上でだった。

まともに狙いを定めることもできない。

それを補うためにも複数の石を同時に発射したのだった。

ドドンッ！

そんな音がした。

どうやら見事に大猪へと散弾が命中したようだった。

それを横目にすばやく横を駆け抜けていく。

「ブオオオォォォォォォ！」

だが、散弾が命中したはずの大猪は一瞬態勢を崩しかけたものの、すぐに四つの足で地面を踏みしめて大きな鳴き声を上げた。

その声は怒りの色が色濃く出ていた。

どうやら、多少の傷みを与えたもののさほどのダメージも与えられなかったようだ。

「逃げるぞ、ヴァルキリー」

ドドドドドッという足音を響かせながら、攻撃を受けた個体を先頭にすべての大猪が追撃を仕掛けてきた。

地響きのような音を背に、俺とヴァルキリーは逃走を始めたのだった。

「頑張れ、ヴァルキリー！」

「キュイ！　キュイ！」

俺の言葉を受けてさらにヴァルキリーの疾走速度が増した。

振り落とされないようにしがみついているだけでも精一杯だが、なんとか頭だけを後方へと向けて確認する。

ドドドドドっという音とともに大猪たちがこちらを追いかけるように走ってきている。

どうやら俺が放った散弾攻撃を受けた先頭の個体は目を血走らせながら追いかけてきている。

攻撃してきた俺を許すつもりはないということだろう。

それにしても大猪の走るスピードは早かった。

ヴァルキリーに付かず離れずといった感じで追走してきている。

猪突猛進という言葉があるが、まさに猛烈な勢いで突っ込んできている。

体の大きさが尋常ではないくらい大きいだけに、追われる方としてはかなりのプレッシャーだ。

「狙い通りだな。今だ、跳べ、ヴァルキリー!」

だが、この追走劇は俺の想定内の出来事だった。

最初から俺の魔法で勝負を決めるつもりはなかった。

むしろ、俺の最大の武器は魔法ではなく、一緒に行動してくれる使役獣のヴァルキリーにこそある。

「キュイ!」

そのヴァルキリーが猛スピードで走りながら声を上げた。

しかもこれはただの鳴き声などではない。

ヴァルキリーによる魔法の行使、呪文を唱えたのだ。

それまでの猛スピードも速かったが、そこからさらに速度が上昇する。

一瞬で周りの景色が後方へと流れるほどのスピードだ。

ヴァルキリーが使用したのは【身体強化】だ。

練り上げた魔力を全身に送り込み、一時的に身体能力を上昇させるというシンプルな魔法。

だが、子どもの俺が水くみに使うのとは違い、馬型の成獣であるヴァルキリーが使えばその効果はものすごいものになる。

魔力による強化率が同じでも身体能力の基礎値が違うため、上昇する値がヴァルキリーのほうがより高いのだ。

そんな身体機能を強化したヴァルキリーが地面を蹴りつけるようにして跳んだ。

どのくらいの距離を跳んだのだろうか。

まるで空を飛んだかのような浮遊感に襲われる。

そして、そのすぐあとにズドンという音とともに地面へと着地した。

危うくヴァルキリーの背中から落ちそうになってしまう。

ドドーン。

俺が手綱ごとヴァルキリーの体にしがみつくようにして落ちないようにもがいているときだった。

後方でものすごい音がした。

着地したあともしばらくは前に進んだヴァルキリーがスピードを緩め、その後反転して音のした方へと戻っていく。

そこには大きな穴があった。

いや、穴と言うには大きすぎるかもしれない。

まるで大地が裂けたかのような亀裂《きれつ》。

それが地面にあった。

大地にパックリと開いた亀裂は十メートル近いの幅があり、深さも深い。

実はこれは俺が事前に仕込んでおいた落とし穴なのだ。

巨大な体を持つ大猪には生半可な攻撃は通用しない。

ならばどうすればいいか。

俺の答えは、相手の力を利用するというものだった。

俺の魔法攻撃で怒り心頭になった大猪をヴァルキリーが大地の亀裂にまで誘うようにして逃走する。

そして、ヴァルキリーがその亀裂の直前で大きく跳躍し、それを飛び越える。
だが、怒りに任せて追いかけてきた大猪にはその亀裂を飛び越えることはかなわない。
あえなく転落するしかない。
「うん、さすがに生きてはいないみたいだな」
俺はヴァルキリーの上から亀裂の底を見下ろしながらそういった。
おそらく亀裂に飛び込んだ際に、向かい側の亀裂の壁面に頭をぶつけたのだろう。
頭からドクドクと血を流しながら、亀裂の底で息絶えている大猪の姿が確認できた。
俺が攻撃したやつも、その他の子どもの大猪も死んでいる。
可哀想だが仕方がない。
せめて美味しく頂いてやることにしよう。
「よし、帰るか、ヴァルキリー」
こうして俺の初めての戦いが終わったのだった。

第五章　魔法建築

「なんともまあ、本当に大猪を倒してしもうたのか。信じられん」

「やるじゃねえか、アルス。さすが、俺の弟なだけはあるな」

俺が帰還してマドックさんとバイト兄に大猪退治の報告をすると、二人はそれぞれ驚いてくれた。

というか、マドックさんに至っては退治してくるとは思っていなかったようだ。

あとから聞いたところでは、なんとかして森に追い返せる手段を考えようとしていたらしい。

「ま、何にしてもこれでもう大丈夫だよ」

「何寝ぼけたこと言ってんだよ、アルス。大猪があいつらだけで終わりなわけないだろ」

「は？」

「他にも畑を荒らす大猪がいるってことさ。また出てきたら頼むぜ、弟よ」

おいおい。

お前こそ何言ってんだよ、クソ兄貴。

毎回、あんな大穴開けて大猪に追われながらの走り幅跳びなんかしたくないって。

終わったと思ったのに全然終わってないじゃねえか。

こうして俺は大猪が出るたびに駆り出されるようになったのだった。

◇◇◇

「散弾っ！　ふう、こんくらいにしとくか」

初めて大猪を退治してから、さらにもう一頭森から出てきて畑でハツカを食い漁っていた個体を倒した。

魔法攻撃は目下練習中である。

やはり、石を飛ばして攻撃できる遠距離攻撃がほしいからだ。

だが、基本的にヴァルキリーに騎乗して移動している身として言えることは、騎乗しながら狙いをつけて飛ばし、命中させるというのは難しいを通り越して不可能なのではないかということだ。

前世の世界では、騎馬民族は弓を使っていたらしいが、どうやって命中させていたのだろうか。

そんなわけで魔法の練習は【散弾】をやることにした。

あれから何度も試してみた結果、金属ではないが固く尖った矢じりのような形をした硬い石を複数個まとめて飛ばす方法に切り替えた。

だいたい二十〜三十メートルくらい飛ぶのではないだろうか。

もっとも、離れれば威力は落ちてしまうので、相応に近づいたときにしか使えないのだが。

目的の遠距離攻撃とは少し違うが、これならば一応騎乗した状態でも目標物に当てることが可能となった。

とりあえずはこれで良しとしよう。

「だけどなー、正直めんどくさいんだよな」

制式採用した【散弾】を呪文化していて思ったのだが、いちいち大猪が出現するたびに俺が出ていくのは大変だと言うことだ。

何しろ、【散弾】で攻撃しても大猪は殺せないのだ。

結局最後に頼りになるのはヴァルキリーの跳躍と大きな亀裂のような落とし穴を用いた罠になる。

まさか、これからも大猪が出現するたびに誘い出すポイントに大穴を開けて、そこまで誘導するなどという手間をとり続けたいかと言われれば否定したいところだ。

「やっぱ、倒す方法じゃなくて畑を荒らされない方法を考えないといけないかな」

俺は見回りを続けながら、独り言をつぶやいたのだった。

◇◇◇

前例主義という言葉を聞いたことがある。

何事も人の行うことというのは先人の叡智が存在しているため、それに習うのがよいというありがたい考え方である。

要するに、今回の大猪の獣害を防ぐ方法は結局かつてどこかの誰かが考えたやり方でやることにしたのである。

つまりは、畑を荒らされないために囲ってしまおうというもので、畑を囲むように壁を作ってしまうことにした。

もともと、村は木の柵で囲っていたし、街は城壁で囲まれていた。

外敵に対してもっとも効果的なのは防壁であるというのは正しいのだろう。

それに畑で農作業をしてくれている人たちの心にあるのは「不安だ」ということである。

いつでも壁の中に逃げ込んでしまえば安全だ、と人々が思うことができればそれで十分なのではないだろうか。

「で、問題なのはどれだけ囲うかってことかな……」

俺は自分の開拓した土地を見て考え込む。

俺の隠れ家、もとい拠点の家から畑を見渡すと、なんと驚くべきことに地平線が見えるまでになっている。

昔どこかで聞いたことがある。

だいたい人の頭の高さで見える距離というのは四キロメートル程先になるのだそうだ。

それがこの世界でも通用する法則なのかどうかははっきりとはわからないが、なんとなくあっているんじゃないかなと思っている。

そして、子どもの俺がヴァルキリーの背に乗って見える範囲だと五～六キロメートルくらいではないかと思う。

よくもまあ、これだけ広げたものだと我ながら感心してしまう。

そりゃ、大猪も森から出てくるというものだろう。

「ま、適当にやっていくか。先に森と畑の境目に壁を作っちまおうかな」

これだけ開拓しておいてなんだが、実は土地が余っている。

バイト兄が村の余った人手を使って農作業をしてくれているのだが、開拓した土地すべてを畑にしたら手が回らないのだ。

そのため、木を倒して整地した土地が畑にならずにそのままの状態で残っているところもある。

そう考えると、現状で畑のところとこれからも畑にできそうな土地を囲うように壁を作るだけでいいだろう。

足りなければ後で壁を増設すればいいのだし。

問題は壁の大きさだろうか。

大猪は大きければ全長三メートルほどの巨体をしている。

これが全力で突進してくる可能性を考えて、少なくとも人が逃げる時間を稼げる程度には防御能力がほしい。

俺は大猪が落とし穴の側面に激突したあとのことを思い出しながら考えた。

「……大は小を兼ねるって言うし、大きめにしとくか」

こうして、俺は壁を作り始めた。

高さ十メートル、厚さ五メートルという畑を守るためと言うにはいささかやりすぎではないかと思う分厚いの壁を畑と森の境で地平線に向けて伸ばしていったのであった。

◇◇◇

「為せば成る、か……。意外となんとかなるもんだな」

俺が自分の土地に作った囲いの壁を見て感慨にふけっていた。

さきほど、土地を囲うようにして作っていた壁がグルリと一周分完成したのだ。

それを見ながらやればできるものだと考えていたのだ。

俺の作った壁はなかなかに規格外の大きさだった。

高さが十メートル近くもあり、その厚みが五メートルもあるのだ。

レンガを交差するように並べてその隙間を埋めるようにモルタルで固めた壁。

もしかしたら壁の内部の空間を砂か何かで埋めておいたほうが外からの衝撃を防げる壁ができたのかもしれない。

だが、壁の建築についてよく知らない以上、シンプルに分厚い壁を用意することにしたのだ。

俺は成長するごとに魔力量が上がってきているように思う。

そのため、以前までよりも一度の魔法で作ることができる容量が増えている。

それは宿屋を再現したときにも感じていた。

しかし、それでもこの規模の壁だと横幅五メートルも作ればいいほうだ。

つまり、五メートルごとに魔法を発動して壁と壁をつなぐようにして建設していく必要があった。

実は作業に入った当初はあまりにも先の長い作業に音を上げそうになってしまった。

遠くまで見えている畑と地平線、それを囲むような壁を作り上げることなど現実的ではないと感じたからだ。

だが、思ったよりも早く作業が終わってしまった。

予想以上にうまく言ったと言っていいだろう。

まずは壁建設を呪文化してしまった。

呪文名を唱えたときに条件反射のように魔法が発動するようにするのが呪文化だ。

だが、本来魔法を呪文化する作業というのは難しい上に、時間がかかってしまう。

うまく条件反射が起きるように呪文化する際には呪文名を唱えたあとに全く同じ魔法を使い続け

なければならないからだ。

言ってみれば毎回ブツブツつぶやきながら、ひたすらストラックアウトの的に野球ボールを同じ軌道で同じスピードでぶつけ続けないと成立しないのだ。

それがどれほど困難なことなのか、想像できるだろうか。

だが、【壁建築】については【散弾】を呪文化するよりも早く成功した。

これは宿屋を作ったときと同じ方法をすることで時間を短縮できたのだ。

一度作りたい壁を頭の中でしっかりとイメージし、それを魔法で作り上げる。

その作り上げた壁を今度は自分の魔力が行き渡るように染み込ませて覆ったのだ。

土から作った壁という建築物を魔力で覆ってから【記憶保存】の呪文を使う。

すると俺は壁の構造を完璧に、寸分違わずに魔力的に脳に記憶することができたのだ。

こうすることで呪文をつぶやいてから同じ魔法を再現し続けるという作業がかなり楽になり、おかげで早々と呪文化に成功したのだった。

この方法を確立したおかげで作業がはかどったのもあるが、もうひとつ効率が急上昇した要因がある。

それは使役獣の存在だった。

俺が初めて生まれた子にヴァルキリーと名付けを行ってから、俺の使役獣たちはすべて魔法を使えるようになっている。

だが、さらに驚くべきことに俺があとから呪文化した魔法もヴァルキリーたちは使えることがわかったのだ。

名付けをした当時には使えなかった魔法が使える。

それはすなわち、ヴァルキリーたちも【壁建築】を使うことが可能となったということになる。

行商人に販売するための個体は角を切り落とす、いわゆる角なしにしている。

だが、使役獣の卵を孵化させるために何頭かは角を切らずに成長させて手元に残していた。

【魔力注入】が使えればヴァルキリーたちも自分たちで卵をを孵すことができるからだ。

今回はこの内から五頭くらいを引き連れて壁を作っていったのだ。

といっても、それでも数キロメートルにわたる壁を作って畑の四方を囲むのは大変だ。

なので魔力の補給として商品用に作っていた魔力茸も使うことにした。

魔力茸は魔力回復薬の素材となる。

が、俺は魔力回復薬の作り方を知らなかった。

出荷するときには天日で干して、乾燥茸の状態で行商人に売っていたからだ。

しかし、この干し茸の状態でも魔力補給するには効果があったようだ。

俺とヴァルキリーたちはクチャクチャと硬い茸を口の中で噛み締めながら、ひたすら壁を作って回ったのだった。

「どうだ、バイト兄。すごいもんだろ」

「いや、確かにすごいけどさ。馬鹿か、お前は。壁のどこに出口があるのかわかんねえだろ」

俺が壁を見ている際に近づいてきたバイト兄に話しかけると、思わぬ言葉を受けてしまう。

そんな……、きっと驚いてくれると思ったのに……。

だが、言われてみれば確かにそうかもしれない。

俺が作った外壁は正方形をしており、一辺の長さはおそらく四キロメートルくらいあるのではないかと思う。

そんな遠くの壁のどこに出入り口があるのか。

なるほど、遠くからではわからないかもしれない。

「……出入り口のことを考えてなかった。どうしよう」

「そうだな……、とりあえず畑とは違う、出口に向かう道でも決めてわかるようにしたほうがいいんじゃねえか？」

「道か。考えとくよ」

こうして、壁の建築は完了し、大猪の獣害を防ぐことに成功したものの、新たな問題が出てきたのだった。

【壁建築】という呪文を作り上げることに成功した俺は次に道作りに取り掛かることにした。

壁で囲ったのは一辺四メートルの正方形の土地だ。

北側に森が広がり、南には村がある。

とりあえず壁の中にある拠点と村との接合部にあたる出入り口と北側の森で森林保護区域として指定しているところにつながる出入り口に向かって道を作ろうと思う。

この世界に転生してきてから、道のありがたさというのをひしひしと感じている。

というのも、まともな道というのが見当たらないからだ。

基本的にはよく人が通り自然とならされてできた通り道がこのあたりにある道なのだ。

村から街に行く途中も大変だった。

通行止めの原因になるような障害物をどかし、川などを通れるように最低限整備した状態で、歩くのも荷車に乗るのも移動がしんどかったのだ。

せめてもう少しいいものを作りたい。

実は出入り口に向かっての通路的なものを俺はすでに用意していたつもりだった。

畑とする部分には【土壌改良】の魔法を使うのだが、道は【整地】だけでとどめておいたのだ。

だが、それを台無しにするものたちがいた。

大猪のような獣ではなく人間だ。

バイト兄を始めとして俺の土地で仕事を請け負ってくれている人たちは決められた道を通るという当たり前のことを怠っていたのだ。

【整地】した土地というのはきれいに、平らに均しているため非常に歩きやすい。

ではあるのだが、収穫物を積んだ荷車などを引いて移動しているとそのところは地面がえぐれるようになってしまう。

それが続くとすぐにボコボコの土になってしまうため荷車の移動が大変になるのだ。

するとどうするか。

凸凹の土の上を通るくらいなら畑の上を通ってやるぜ、石ひとつ落ちてないんだからどこを通っ

てもいいだろう、と言わんばかりに耕した土の上を突っ切るように移動する連中が出始めたのだ。

俺も最初は注意していた。

だが、人間というのは他の人がやっているのを見るとそれが当然と思う思考回路を持つものらしい。

いつの間にか、ほとんどの人が最初に決めたルートを通らず好き勝手に畑の上を移動し始めてしまったのだった。

厳重注意をしてもいいが、埒《らち》が明かない可能性もある。

であるのならばこの際しっかりとした道路と呼べるものを確保してしまおう。

俺はそう考えたのだった。

◇◇◇

「悩むな……」

俺はいくつかの道路を魔法で施策してみた。

最初はコンクリートで道を固めてしまおうかと思った。

だが、ふと気になることがあったのだ。

確か、コンクリートやアスファルトの道路というのは見た目はきれいだが、実はそれなりに維持費が必要だったのではなかっただろうか？

どうせ魔法で作るのだから建設費や維持費を考えても意味はないかもしれないが、せっかくなので長持ちする道路を作っておきたいと考えてしまうのは欲が出すぎだろうか。

そう思った俺は前世で聞いたことのある記憶を掘り起こす作業に突入した。

なにぶん道路作りになど関わったこともなかったためよくわからない。

だが、確か千年以上前の道路が現代でも残っているという話を聞いた覚えがある。

古代ローマ帝国が作り上げたという石畳式の街道。

紀元前から存在していた古代の国が、その卓越した技術で作り上げた道は確か現存していると聞いた気がする。

維持の手間についてがどうだったかはさておき、確か非常に理にかなった作りをしているというのをテレビでみたはずだ。

基本的な作り方はこんな感じだったはずだ。

まずは道幅に合わせて地面を深く掘る。

その掘ったところへ石を埋め、その上に粘土と砂利を敷き詰めるのだ。

そして、さらにその上に石畳の石をきれいに配置していく。

このとき注意点は道路の断面図を横から見ると道の中央部分が僅かに盛り上がり、端に行くほど低くなるようにすることだ。

これは雨が降った際に水が道の端に流れていく工夫だ。

だが、さらに利点がある。

僅かな傾斜があることで石畳の石がお互いの重さでずれにくくなっているのだそうだ。

こうすることで水や重量物に対して強い道路を敷くことができる。

だが、欠点もあったように思う。

基本的にはこのローマ式の街道はまっすぐにしか敷かなかったらしい。

それがどれほど徹底していたかと言うと、道路は山を迂回せずにトンネルを作って貫通するようにして目的地まで一直線に敷設《ふせつ》していたというほどだ。

真っ直ぐにしかできないというのはなかなか恐ろしい話である。

目的地に向かっての角度が一度ずれただけで、十キロメートル先、百キロメートル先の到達点がどれほど場所がずれるかわかるだろうか？

ケタ外れた計測技術がなければこの道路は使いこなせないということだ。

「まぁ、でもこいつでやってみるか」

だが、俺はあえてこのローマ式道路を作ることにした。

理由は単純に俺の趣味だ。

石畳の道路に憧れがあるというただそれだけの理由だった。

正直、維持するのがどれほどの手間になるのかわからないが、呪文化してしまえばヴァルキリーたちさえいればそこまで苦にはならないだろう。

そう考えた俺は新たな道路を作るために頭の中でイメージをかためる作業へと入っていったのだった。

◇◇◇

「兄さん、難しい顔してどうしたの？」

「ん？　カイルか。いやちょっと考え事をな」

道路について考えがまとまってきた俺に対して弟であるカイルが話しかけてきた。

今年洗礼式を終えた少年だ。

「実はな、俺がせっかく作った窓ガラスが全然売れないみたいなんだよ」

「ああ、あの透明なきれいなやつ？　倉庫に山積みになって邪魔だってお母さんが言ってたよ」

そうなのだ。

俺は以前街にまで行ったときにひらめいた新商品である窓ガラス。

絶対に売れるだろうと思って作ってみたのだが、全然売れなかったのだ。

街で見かけた建物はすべてレンガ造りのもので、窓が存在しなかった。

あまりに閉鎖的で牢獄のように感じてしまう造りだ。

だから、俺は新たな建物として開放感あふれる窓ガラス付きの家が増えれば喜ぶ人も増えるだろうと思ったのだ。

だが、実際には全く売れなかった。

理由は単純だ。

住人たちは別に現状で不満を感じていないからだろう。

俺がいくら「これはいいものだよ」といったところで、今まで見たこともないものに手を出そうと思う人はいないということだ。

俺はこの世界に生まれて痛感していることがある。

それは、いいものが売れるわけではない、ということだ。

商品として売れるものはすべて欲しがる人がいるからであって、便利なものが売れるとは限らないという事実だった。

そういえば前世でも経済力の低い国や地域では、高機能高性能の商品よりもシンプルで壊れにくいものしか売れず、日本製品は苦戦するところもあったという話を聞いたような気がする。

村では物々交換をしているこのあたりの地域ではなおさら必要ないものに金を掛ける人はいないか。

「なんか売れそうなもんてないもんかな」

「売れそうなものか～。ボクだったらあれがほしいかな」

「え？　カイル、なんかほしいものでもあるのか？」

「うん。兄さんの新しいお家にあるきれいな家具とかって、いつもいいなーって思いながら見てるんだよ」

家具か……。

そういえば魔法で宿屋を再現したときになんにもなかったんで、入り口の扉とかと一緒に用意したんだったか。

テーブルにイス、棚なんかを適当に見繕って作ってもらったんだった。

ベッドなんかも新しいものにしたから木の香りが良くて俺も気に入っている。

「そういや、あんまり木こり連中って家具を作って売ったりしてないよな。なんでだろ？」

「運ぶときに重いからじゃないの？」

「……なるほど。ありえるかもな」

確か、マドックさんは木こりが切った木は薪にして売ることが一番多いと言っていたような気がする。

理由はいくつかある。

生活魔法に【着火】という呪文があるために火事を警戒して木造建築が少ないため、大きな木材の需要が少ないためだ。

必要とするのは家具の材料と薪くらいなものなのかもしれない。

ただ、村では古いものも大事に使うためにそれほど家具の需要というのはない。

対して街はどうかというと、距離が遠い。

歩いていくと三日もかかるのだ。

そこそこ儲けを出している行商人なら荷車を引ける使役獣を購入して運ぶことができるかもしれない。

だが、木こりにはそこまでの蓄えがないため使役獣を買えない。

結果、運べるのは背負子に積んだ薪くらいになってしまう。

そういう事情があるのかもしれない。

「面白いアイデアかもな。一度家具が売れるか聞いてみようか」

「うんっ。売れるといいね、兄さん」

「もし売れたらカイルのお手柄だな。うまいもんでも行商人から買って食べようか」

「やった、約束だよ」

うん、いい考えかもしれない。

それに正直に言うと俺が魔法で作る以外にも商品となるものがほしかったのだ。

俺の魔力量は人よりも多いかもしれないが無限にあるというわけでもない。

それに俺が作ったものだけが売れるというのもいびつなのだ。

極端なことを言えば俺がいなくなっただけで経済破綻を引き起こすだろう。

ある程度土地が余るくらいにまで広がってきたし、そろそろ自分だけじゃなくて周りの人もお金が稼げる環境を作っていってもいいかもしれない。

会社でも作ってみようか？

見たところ、各家庭で内職のようにして作ったものを行商人が買い取るという流れがあるが、多くの人がまとまって共通の商品を作るというシステムがないみたいだし。

家具がある程度売れるのであれば、頑張って工場のような建物でも作って人を雇って商品作りをしてみても面白いかもしれない。

弟との会話から、俺はいろいろとやってみたいことが頭の中に浮かんできたのだった。

「兄さんたちはすごいね。いろいろできるだもん」

「カイルもそのうちいろんなことができるようになるだろ。まだ子どもなんだし、遊んでりゃいいじゃないか」

「それを言うなら兄さんも子どもだよ。ボクと二歳しか違わないじゃん」

「まあ、そう言われてみるとそうだな」

「ねえ、ボクにも魔法を教えてよ。バイト兄さんは兄さんに魔法を教えてもらったって言ってたよ」

「うーん。そうなんだけどな……。昔そのことで母さんに悲しませたんだよな」

「え？　そうなんだ。何かあったの？」

最近はいつも開拓地に入り浸っている俺に対して、弟であるカイルは村にある実家で手伝いをする事が多い。

今日はどうやら俺のところに遊びに来たらしい。

いつも開拓ばっかりで日中はほとんど家に帰らないし、夜も遅くあまり話をすることが少なかった。

だからだろうか。

ここぞとばかりに話しかけてくる。

だが、魔法を教えてくれと言われるとは思わなかった。

つい昔のことを思い出してしまう。

あれはまだ俺が実家の裏の小さな畑でハツカなどの野菜の品種改良をしているときのことだった。

まだまだ体の小さな俺が畑を耕して、大きな桶に水をなみなみと注いで水やりをしているときだった。

バイト兄が聞いてきたのだ。

なぜお前は俺よりちっさいのにそんなに重たいものを持ち歩いて平気なのだと。

そのときはちょうど魔力の使い方を試行錯誤しているときであり、身体強化を使い始めた時期だった。

自分の体を実験材料にしてその効果を確認していた俺だが、ふと他の人でも同じような効果が得られるのだろうかと気になったのだ。

そこで、これはちょうどいいとばかりにバイト兄に魔力の練り方と魔法の使い方を指導したのだ。

バイト兄は俺が教えた中で【土壌改良】のような物に対しての魔法効果を発揮するタイプの魔法は全然できなかった。

だが、身体強化についてはわりと短期間でできるようになったのだ。

自分の体の中に練り上げた魔力を満たして、フィジカルを全体的に強化する魔法だ。

別に呪文として唱えなくともできる上に、自身の肉体に関することだからか理解しやすかったのかもしれない。

その魔法を気に入ったバイト兄はそれからずっと身体強化を練習し続けていたのだった。

だが、俺はこのとき、魔法を使えるようになるということがどういうことなのかを理解していなかった。

あとから思い出すとこのときのことは反省しきりになるのだった。

◇◇◇

身体能力が上がったバイト兄がその魔法を使って何をするようになったか。

それが問題だった。

俺は魔法を教えたときには体を強化できるようになるのなら、水やりなどを手伝ってもらおうと気軽に考えていたのだ。

だが、バイト兄はその後、強化された肉体を駆使して村の子ども達と喧嘩を始めたのだ。

まだ子どものバイト兄は周りにいる知り合いも同世代の子どもたちばかりだった。

子ども同士では何気ない一言から喧嘩が始まることも当然ある。

だが、バイト兄はその喧嘩に常に勝ち続けるようになったのだった。

同世代では無敵の存在となったバイト兄。

だが、それを面白く思わない子どもたちも当然いる。

その子達はどうしたかと言うと援軍を頼んだのだ。

自分たちよりも年上の子どもたちに。

だが、その年上にも喧嘩では勝利をおさめるバイト兄。

多分、もともと体が人よりも大きく強かったのだろう。

正直、当時のバイト兄の魔法技術ではそれほど大した強化はできていなかったはずだ。

だが、バイト兄は勝ってしまった。

年上たちからしたら自分よりもしたの子どもに負けるなど面目丸つぶれだ。

だが、一対一ではまともにぶつかると勝てないかもしれない。

ならばどうするか。

複数でまとまってバイト兄に喧嘩をふっかけるようになったのだ。

さすがにこれには勝てなかったらしい。

ボロボロにされて家に帰ってくることも珍しくなくなった。

だが、バイト兄の凄さは恐ろしいまでの精神性にあったのだ。

普通ならばボコボコにされれば萎縮して、喧嘩をしないように心がけるものだろう。

だが何度負けてもそれに立ち向かっていったのだ。

そして、その経験はバイト兄の戦闘能力の向上につながってしまった。

次第に複数で来られても撃退できるほどになってしまったのだ。

そんな生活をずっと続けて、村の中でバイト兄に敵うものはいなくなってしまった。

しかし、そこに至るまでは並大抵のことではなかったのである。

毎日畑仕事をサボって喧嘩を繰り返すバイト兄は、いくら注意されても同じことを繰り返していた。

ある日、そのことで母さんが泣き出してしまったのだ。

自分の育て方が悪かったのではないか、と言って。

これを聞いたときはさすがに俺もこたえた。

身体強化の魔法を教えたことが家庭崩壊の原因になってしまう。

教会が村の住人に生活魔法を教えるのが最低限分別のつき始める六歳頃に設定しているのもそのへんが理由なのかもしれない。

とにかく、むやみに魔法を教えるのは良くないのだと俺は実感させられたのだ。

「ってことがあってさ。カイルには魔法を教えたりしなかったんだよ」

「そんなことがあったんだね」

「まあ、それでも魔法を覚えたいってカイルが言うなら教えるよ。バイト兄みたいな脳筋と違ってカイルは賢いからな。頭が良くなる魔法だったら教えてあげるよ」

「え？　いいの？」

「喧嘩しないって約束するならな」

「うん、約束するよ。喧嘩はしないから魔法教えて！」

「よし、わかった。それなら今から特訓しようか」

まあ、反省はしたけど後悔はしていないんだよね。

バイト兄が村の連中をうまく使って畑仕事を手伝うことができているのも、喧嘩が強いからという側面もある。

結果オーライ、万事塞翁《さいおう》が馬というやつだろう。

カイルにはぜひバイト兄のように魔力をすべて筋力に注ぎ込むようなことはせず、脳みそにつぎ込んでほしい。

脳に魔力を集中させると記憶力のほかにも思考力や計算能力といった脳機能が向上するのだ。

以前までと違って弟に勉強する時間を作ることができるようにもなっている。

カイルには頑張って文字や計算を覚えてもらい、この村にはいない事務仕事のエキスパートになってほしい。

俺は将来成長したカイルに仕事を手伝わせることを夢見て、魔法の習得方法を教えていくのだった。

◇◇◇

「え？　誰が来たって？」

「浪人とか言ってる。なんか、いろんなところを点々と旅してるんだってさ」

ある日、俺がカイルに魔法の指導をしているときだった。

拠点にいる俺にバイト兄が人がやってきたことを告げてきた。

こんな辺鄙な村には今まであまり外からの人が来ることもなかった。

珍しいこともあってか、わざわざ伝えに来てくれたのだろうか。

「いや、違うぞ。この村のことを聞いたみたいで、はるばるやって来たって言ってたぞ」

「へー、この村のことが話題にでもなってんのかな」

「多分、お前が大猪を倒したことだろうな。話してみようぜ。連れてくるぞ」

そう言ってバイト兄が玄関を飛び出していく。

それにしても大猪のことが話題になっているのか。

一体何をしに来たのか、少しドキドキしながら、その旅人がやってくるのを待つのだった。

◇◇◇

「お初にお目にかかるでござる。拙者《せっしゃ》、旅をしながらものづくりに励んでいるのでござる」

「……拙者？　ござる？」

「はっはっは。拙者の地方での話し方でござるよ」

「もしかして東の出身とか？」

「おお、よく知っているのでござるな。確かに拙者はこの地より東にて生まれたのでござるよ」

「……島国だったりする？」

「はて？　別に島国というわけではござらんが、どこか思い当たる土地でもあるので？」

「いや、気にしないで。改めて、はじめまして、アルスです」

「これはかたじけない。拙者、グランと申すでござる。以後お見知りおきを」

バイト兄が連れてきたのはこの辺とは違う話し方をする男だった。

東にはこんな風に話す人もいるのか。

どんなところなのだろうか。

「で、グランさんはここにどういった要件で来たの？」

「ふむ。実はこの地で大猪が討伐されたと聞いたのでござる。是非一度、見てみたいと思った次第で」

「ふーん。別にいいんじゃない。まぁ、剥製にしているわけじゃないから全身が残っているわけじゃないけど……」

「ちなみにどの御仁が大猪を討伐されたのでござるか。ぜひお会いしたいのでござるが」

「え、俺だけど」

「は？　アルス殿のような子どもがですか？　失礼ですが信じられないでござる」

「まあ、罠を使ったし、そうたいしたことはないよ」

「むむむ、いや、失礼した。拙者、他の村では大猪というのはひどく凶暴で恐ろしい生き物だと聞いていたので」

まあ、そういう話を聞いているというのはおかしな話ではないかもしれない。

実際、この北の森近くにある村だったらどこもその話は伝わっているだろうし。

かつて、広大な面積に広がる大森林を畑に変えるためにいくつかの村が作られた。

だが、結局はどこの村も開拓には成功しなかった。

開拓村はなくなるか、この村のように以前よりも規模を縮小して、なんとか維持するという状態になっている。

理由は大猪にあった。

ある程度、開拓が進んでいくと必ず大猪問題にぶち当たるのだ。

木を切り開き、畑を作ったというのに、大猪によってその畑の作物が荒らされる。

さらに大猪の特性が問題だった。

畑の作物の味を覚えた大猪は子どもにまで教えるようにして、その食べ物を食らいつくしていく。

だが、それだけならまだよかった。

問題なのは人間の味を覚えることもあるということなのだ。

大猪は雑食で好んでは食べないが肉を食べることもある。

当然、人間を食べることも可能性としてはあるわけだ。

森を切り開き食べるものがなくなった大猪が畑の作物を食べる。

それを食べきったら、他に残ったものはなにか。

不幸にもなんらかのきっかけで人の味を覚えた大猪によって、いくつかの村が壊滅した。

この村でもその話は親から子に、そして孫へと語り継がれている。

家にこもっても、農家のボロ家ならばその巨体による突進であっけなく崩壊するのだ。

北の森付近にある村に住む人間にとって、大猪というのは恐怖の代名詞といってても過言ではないのだろう。

「でも、結局はただのおっきいイノシシってだけだろ？　なんでわざわざ見に来ようなんて思ったんだ？」

「アルス殿は大猪と戦ったというのに知らないのでござるか？　大猪は【硬化】の魔法を使うのでござるよ」

「え、そうなんだ。全然知らなかったんだけど。ああ、でも、だからあんなに攻撃が通じにくいのか」

「然り。そして、そのように魔法を使う生き物から取れる素材は様々なものを作る材料となるのでござるよ」

「材料？」

「そうでござる。大猪から取れる牙。その牙からは魔力を通せばそこらの金属よりも硬い武器を作り上げることも可能なのでござる」

「まじかよ」

「まじでござる。そして、拙者は各地を放浪してそのような特殊な素材を探しながらものづくりをしているのでござるよ」

「え、っていうことはグランさんは大猪の牙から武器を作れるの？」

「そうでござる」

「すごい。俺に武器を作ってくれない。礼は必ずするから！」

思わぬ話に俺は舞い上がってしまった。

だが、大猪の牙は金属よりも硬いのか。

捨てずにきちんと保管しておいてよかった。

俺は倉庫の片隅に置いたままにしてある大猪の牙があることを思い出しながら、この偶然の出会いに感謝するのだった。

「ここだよ。ここに大猪の牙も保管してあるんだ」

村にやってきた旅人のグランさん。

彼によると俺が倒した大猪は武器の素材とすることができるという。

ならばということで、俺はさっそくグランさんを牙が保管してある倉庫へと案内したのだった。

「ふむ、失礼。拝見するでござる」

そう言って俺に続いて倉庫に入ってきたグランさんが目的の牙のもとに向かう。

一言かけてから棚においてある牙へとそっと手を伸ばした。

まるで貴重な骨董品でも扱うかのように優しく扱っている。

なんだか前世で見た鑑定団のようだ。

「素晴らしいでござるな。確かにこれは魔法生物の牙でござるよ。しかも、魔法を使用中に仕留めているようですな。魔力の残滓《ざんし》を感じるのでござる」

「魔力の残滓？　それはなにかメリットがあるの？」

「そうでござるよ、アルス殿。できれば魔法を使用する動物を狩るときには、その魔法を使用中に仕留めるほうが素材としてはいいものになりやすいのでござる。武器にしたときに魔力の通りが違ってくるのでござるよ」

「じゃあ、そこにある大猪の牙はちゃんと強い武器にできるってことだよね？」

「そのとおりでござる。であるのだが、アルス殿の望みを叶えられるとは限らないのでござるよ……」

「え？　どうして？　俺には武器を作ってくれないってこと？」

「別に意地悪でそう言っているわけではないのでござる。魔法生物の素材を武器にするにはそれなりの設備と触媒が必要になるのでござる。この村にはそれがないので作れないのでござるよ」

「設備と触媒？　それって何が必要なのさ」

「そうでござるな。高熱を操ることのできる炉と魔法生物の魔核となる触媒が必要なのでござる」

「炉はわかるけど、魔核ってなんだ？」

「魔核とは魔法生物が魔法を使うために必要な身体部位でござるな。それぞれの生物によってどの部位が必要かは違っているので、一言では説明できないでござる。ただ、どれも希少でなかなか手に入らないものなのでござる」

魔法を使うために必要な体の部位って、もしかしてあれが使えるのではないだろうか。

グランさんの話を聞いて俺はすぐにピンときた。

俺の使役獣であるヴァルキリーたちの角だ。

ヴァルキリーたちは魔法を使うことができているし、角を切り落とせば魔法の使用が不可能になる。

もっとも、魔法生物と言えるのかどうかはわからないが、少なくとも魔核と同じような特徴を持っているのは間違いないように思う。

俺はすぐに倉庫の中を駆け回って、倉庫の一角に積んであった使役獣の角を手にとり、グランさんに見せた。

「これは魔核のかわりにならないかな？　もしそうならあとは高温の炉だけが問題になるんだろうけど……」

「……拝見させてもらうのでござる」

俺が手渡した使役獣の角を見てグランさんが驚きの表情を見せた。

そして、すぐにその顔をもとに戻して、食い入るように使役獣の角を観察しだす。

しばらく、その表面を見たかと思えば、手を添えるようにして角の隅々までを触ったりして、穴が空くほど見続けていた。

「おそらく、としか言えないのでござるが、これは魔核として触媒に使えるのではないかと思うのでござる」

「やっぱり。俺もそう思ったんだよ」

「もしかして、この土地にいる使役獣にこの角が？」

「そうだね。よくわかったね」

「そういう話を聞いたことがあるのでござるよ。使役獣の中には魔法を使える種も存在し、それから魔核を取り出すことで安定して魔核を調達するところがあると。まさかこの村でそのような現場をお目にかかることができるとは思いもよらなかったのでござる」

「ちょっと待って。使役獣の中には魔法を使えるやつも存在しているんだ？」

「そうでござるよ。知らなかったのでござるか？　魔法型の使役獣は超高級品として取り扱われているのでござるよ」

まじかよ。

行商人も知らなかったのだろうか。

ってことは今の値段で販売しているのは安すぎってことにならないだろうか。

これは再度値段交渉が必要だな。

わざと情報を隠していたんなら、行商人のおっさんとの今後の関係についても考え直したほうがいいかもしれない。

「助かったよ。全然知らなかった。いいことを聞いた」

「そ、そうでござるか。アルス殿の助けになったのであればよかったのでござる」

「で、あとは高温を出せる炉があればいいんだよね？」

「厳密に言えば他にも材料や道具は必要であるが、とにかく炉は必須でござるよ。まさか、この村にはそんな炉があるというのでござるか？」

「いや、ない。けど作ってみるよ」

高温を出す、というのが何度くらいを想定しているのかはわからない。

だが、俺の作るレンガは単に粘土を焼き固めて作るタイプではなく、通常よりも高温に耐えることができる耐熱レンガのはずだ。

最初に魔法でレンガを作るときに、そう想定して作り上げたのだ。

実際にそれが何度くらいなら耐熱効果があるのかはわからない。

だが、このレンガで炉を作ってみよう。

武器を手に入れるチャンスを目の前にして、俺のやる気は天井知らずに上がっていったのだった。

◇◇◇

「駄目でござるよ。こんな形をしていたのでは炉の中で熱が効率的に使えないのでござる」

「作りが甘い。まだまだでござる」

「どうしたのでござるか、アルス殿。寝るにはまだ早いでござるよ。拙者が照明をつけておくので気兼ねなく制作するがよかろう」

「一応及第点にギリギリ届くようになりましたな。ではもう少し大型のものを設置していくでござるよ」

「もっときちんと作るでござる。それではたとえ使用できてもすぐにだめになってしまうのでござるよ」

「いいでござるね。これならなんとか実用可能でござろうか。では次に行きましょうぞ。ふいごを作るのでござる」

「全く、アルス殿はなんとものを知らぬのでござるか。炉があっただけで鍛冶ができるわけではないに決まっているのでござるよ」

「いいですかな、アルス殿。炉に火をおこしても風を吹き込まねば温度は上がりませぬ。そのために風を送るふいごが必要なのでござるよ」

「ふいごは木で作るから自分は関係ない？　何を言っているのでござるか。そんなことではいい武器など手に入るはずもないでしょう。さあ、早く一緒に作り上げましょうぞ」

「いいですな。これはいいですな。やはり炉に合わせて新しく作り上げたふいごはまさに火事場の芸術品でござるよ。アルス殿もそう思うでござろう。ほら、しっかりと目を開けてよく見るでござる」

「これで終わり？　何を言っておるのですか。まだまだ終わりではございませんぞ。ほかにも必要なものはあるのです」

「鍛冶に必要なのは炉ですが、炉にくべる燃料というのもバカにはできないのでござるよ。燃やすものが悪くてはよいものができぬのは道理でありましょうぞ」

「そうです。ただ焚き火に薪をくべるようにしていればよいというものではないのです。木炭を作らねばならぬでござるよ」

「また炉を作るのか、でござるか？　当然でござるよ、アルス殿。絶対に必要でござる」

「この村は非常にもったいないのでござるよ。広大な森があり、木材が豊富。であるというのに上質な木炭を作ることができる人が一人もいなかったのでござる」

「よいですか、アルス殿。木炭づくりの秘訣は空気を遮断することにあるのです」

「薪は火がつき燃えると灰なるのでござる。しかし、密閉して空気を遮断するとどうなるか。木は灰にはならずにその形が残った状態で燃えるのです」

「いい木炭ほど使いやすいのでござる。ですが、この村ではそのようないいものが手にはいらないのでござる」

「そうでござるな。アルス殿もだんだんわかってきたではありませんか。なければ自分で作る。それが造り手というものです」

「拙者もあちこちを旅して来たのでござる。必要なものが手にはいらなくて涙をながすことも多々ありもうした。しかし、作り手たるもの泣き言は言えないのでござる」

「どうして一箇所に留まらずに旅をしているのか、でござるか。……まぁいろいろあったのでござるよ」

「ああ、駄目でござるよ、アルス殿。そこはこうしなければ気密性が保てませぬ。話をするのは構いませぬが、手は抜かぬように」

「うん、うん。いい感じでござるな。これならよい木炭が作れるのでござるよ」

「さあ、火入れでござるよ。なに？　もう何日もまともに寝てない？　大丈夫でござる。それくらいで人は死なぬのでござるよ」

「そんなことよりも火入れでござる。何事も最初が肝心なのでござるよ。なに、拙者の指示通りやれば失敗はないのでござる」

「拙者にやれとおっしゃるのでござるか。ですが、この炉を作り武器を所望するのはアルス殿、あなたではござらんか。であれば、最後までやりきる気概を持たぬようでどうするのでござるか」

「さあ、早くやるのでござるよ。あっ、そんなに雑に扱っては駄目でござる。貸すでござる。よいでござるか、こうやるのでござるよ」

「うむ、見事な炉でござる。暖かな火が部屋に充満してきたではござらんか。暑い？　この程度まだまだ序の口でござるよ」

「さあ、次はいよいよ大猪の牙を武器に変じていくのでござる。よく見るでござる。この牙はただ研ぐだけでもそれなりの武器にはなるのでござる。ですが、さらにここで触媒と兼ね合わせて……」

「ってどこに行こうというのですか、アルス殿。まだ説明の途中ですぞ。ああっ、何処に！！！」

◇◇◇

アホか！

武器作りのためにグランの設備建設をかってでたらほとんど寝る間も惜しんで働かされてしまった。

あいつあたまおかしいよ。

ものを作るクリエイターの頭のネジの飛び具合を、なめていたかもしれない。

とにかくこれ以上付き合っていられるか。

俺はグランの手を振り切ってベッドに逃げ帰ったのだった。

「おい、カイル。いるか?」

「あれ、どうしたの兄さん?」

「お前あの変人のところに行ってこい」

「へ、変人? 誰のこと?」

「グランだよ。旅しながらもの作りをしているとか言うあの頭のおかしいヤツのことだよ。お前、あいつの作業手伝ってこい」

「い、いやだよ。兄さんがやればいいじゃないか」

「いいか、カイル。これはお前のためにわざわざ俺が言っているんだよ。お前も将来のために手に職をつけておいたほうがいいだろ。最近練習している頭の回転を早くする魔法を使えばグランの作業を手伝いながらすぐに覚えられるぞ」

「そんなこと言って、兄さん逃げる気でしょ。ボクはだまされないよ」

「俺はやることとあるんだよ」

「嘘だ。グランさんとの武器づくりをやる以外に用事なんてないはずだよ」

「俺は木炭を作る炉を増設するんだよ。あれはこの土地では利用価値が高い。あれだけ上質な木炭ならよそにも売れるだろうしな。とにかく、行って来いよ。命令だ」

もう何日も睡眠不足だった俺は限界に来ていた。

残念だが身内を犠牲にしてでもヤツから離れなければならない。

かわいそうだが弟を人身御供にして逃れよう。

そう考えた俺は思考力の落ちた頭を振り絞って言い訳をひねり出してカイルをグランのもとへと向かわせたのだった。

頑張ってくれ。

死ぬなよ。

◇◇◇

「おー、完成したのか」

「ええ、カイル殿の尽力のおかげで無事に完成したのでござる」

「その弟は地面に転がってピクリとも動いていないんだが……」

「カイル殿にはふいごの操作を任せていたのでござる。頑張ってくれたのでござるよ」

ふいごか。

なんというか特殊な装置だ。箱型をしたふいごと呼ばれる装置なのだが炉に風を送り込むためにはそれを動かさなければならない。

おそらく鍛冶をしている間、グランの指示の下でずっと動かし続けていたのだろう。

ちょっと悪いことをしたな、と思わなくもない。

ゆっくり寝かしておいてやろう。

「ま、いいか。そのことは置いておこう。武器を見せてもらえるか？」

「自信作でござる。これまで拙者が作った中でも上位に入るできだと自負しておるのでござるよ」

徹夜作業を通じてお互い遠慮がなくなってきた俺とグラン。

話をしながらグランが作り上げた武器をそっと手渡してくる。

彼の手から受け取ったのは剣だ。

いわゆる西洋剣と言えばいいのか、まっすぐに伸びた剣で、ロングソードに分類されるような形をしている。

大猪の牙で作る、と聞いていなければ、それが牙からできているというのはわからなかったかもしれない。

白色の剣身だが、ほんのりと光沢がありぼやんと光っている。

表面の光沢はどちらかというと真珠のような印象を受けた。

「結構軽いんだな」

「そうでござるな。金属と比べれば幾分軽いかもしれませんな。しかし、軽すぎるということもなく、相手を叩き切ることは十分可能でござるよ」

「魔力を通せば硬化するんだよな？　なら適当に振り回しているだけでも十分脅威になるか」

「硬化しておらぬとも十分な硬さは出ているはずでござる。魔力を通すのは必要に応じてで十分でござるな」

「で？　そっちには同じような小さい剣があるけど、それはなんだ？」

「これでござるか。こっちは大猪の子どもの牙から作った剣でござるよ」

「子どもの牙？　ほかにも成獣の牙が残ってたろ？　なんでわざわざそんなものを作ったんだ？」

「これはぜひアルス殿に持っていてほしいのでござるよ」

「うん？　俺が子どもだからか？　けど、短剣くらいの長さだから護身用に持つだけになりそうだな」

「今はそれで十分でござる。ただ、魔法生物の幼獣から作り上げた武器は成長性がある、特殊な武器になるのでござるよ。こいつもそうでござる」

「武器に成長性？　どういうこと？」

「ふふ、聞いて驚くでござる。この武器は使用者の魔力を糧に成長する武器なのでござる。仮に今回拙者が使った大きい剣と同じ大きさまで成長させた場合、強いのは成長させたこの剣の方になるのでござる」

「へー、そんな武器っつうか、ものが存在するのか。魔力ってのはなんでもありなんだな」

「もっとも、人間一人の魔力を吸収した程度ではそれほど成長しないのでござる。先祖代々受け継がれていくことで強力な武器に成長していく、いわば家宝の剣となるのが多いのでござるよ」

なるほど。

世代を重ねて幾人もの魔力を吸収するからこそ強力な武器が出来上がるのか。

もしかすると、貴族なんかはそういうものを持っているのかもしれない。

硬化の剣ということはすっごい折れにくい剣になるんだろうか？

すごいけど、あんまりすごくない微妙な感じがするのは俺だけかな……。

「ありがとう。武器を手に入れるのが俺の念願の夢だったんだ。感謝してもしきれないよ」

「こちらこそ、なのでござる。流れ者の造り手ではこれほどの設備と材料を潤沢に使える機会というのはそうそうないのでござる。拙者こそ、アルス殿と知り合えたのは望外の幸運だったのでござるよ」

「そうか、できればしばらくここで他にもいろいろ作っていってくれると嬉しい。というか、牙はまだあるみたいだし、もっと作ってくれると助かる。そういえば、この剣に名前ってあるのか？」

「魔法効果のある武器などには製作者の名前を入れるのが通例となっているのでござる。これは硬《こう》牙剣《がけん》グランと呼んでほしいのでござる」

「硬牙剣グランね。大切にするよ」

こうして俺は初めての武器を手にしたのだった。

「すごいでござるな。なぜこんなものがあると先に言っておいてくれなかったのでござるか、アルス殿！」

「いや、聞かれなかったから……。でも、これって別に鍛冶には関係ないだろ？」

「何を言っているのでござるか。触媒としてももっとも一般的なものといえば、この魔力茸ではござらんか」

「いや、知らねーし。てか、それなら先に言えよ」

「しかも、こんなにたくさんあるとは……。アルス殿、ここは造り手にとってまさに夢のような場所でござるな」

相変わらず話を聞いてねえな。

まあ、確かに最初は小規模栽培しかできなかった魔力茸だが、今はかなり大規模に栽培を開始して採れる量が増えてきている。

壁で囲んだ俺の土地の一部を魔力茸の栽培スペースに指定して原木の数も増やしているのだ。

どうやら魔力茸は原木に菌を植え込んでから数年間収穫が可能なようだった。

何年も前からコツコツと数を増やし、最近は木こり連中にも協力させているので倍々ゲームのようになってきていたのだ。

「で、この魔力茸も武器づくりに使うのか？　どのくらい使うかは知らないけど、あんまり使いすぎても困るぞ」

「逆に聞きたいのでござるが、アルス殿はなぜこんなに魔力茸を保管しているのでござるか？」

「前に魔力補給をしたい時があったからストックしているだけだけど」

「魔力回復薬を作成しているのでござるか？　それにしてはそのようなものが見当たらなかったのでござるが……」

「いや、薬の作り方は知らない。干した茸を口に含んで噛み締めながら魔力補給していたんだよ」

「なんともはや……、恐ろしく原始的なやり方でござるな」

「しゃーねーだろ。薬なんて作れないんだから」

「それでしたら拙者が作ろうではありませんか」

「え？　グランって薬まで作れるのかよ？」

「専門ではござらんが基本的なことなら知っているのでござるよ。触媒に使用するのなら魔力回復薬にしたほうが効率がいいからでござる」

「うーん、それなら頼んでみようかな。俺も見てていいんだろ？」

「何を言っているのでござるか。当然でござるよ。というよりもアルス殿にはぜひ制作を手伝ってもらってものづくりの楽しさを感じてほしいのでござる」

いや、お前の場合は手伝ったらトラウマを植え付けられているようなもんだろ。

グランの腕は良いのではないかと思う。

作ってもらった武器の硬牙剣はなんというか妙な気品というか色気を感じる作りだからだ。

ただ単に技術を持っているだけではなく、それなりの格式とかいったものを知っているのだろう。

独学で技術を得たのではなく、どこかちゃんとしたところで修行でもしていたのではないだろうか。

「ま、いいか。よし、ちょっと休んだからまた少し動ける元気は戻ってきたからな。お前は休まなくてもいいのか、グラン？」

「拙者はまだまだいけるでござるよ。さあ、カイル殿も起きるでござる」

「むりだよー、ボクもう動けないんだけど」

「カイルは無理しなくていいよ。けど、休んだらまた戻ってこい。俺が手伝っているところを見てるだけでもいいから」

どうやらグランはカイルのことも気に入っているようだ。

だが、いくらなんでも無理させすぎたら体を壊すだろう。

適当に休ませてやろう。

だが、ずっとグランと二人きりってのは俺もしんどい。

あとで合流してもらおう。

見てるだけでもカイルの勉強になるだろうし。

こうして俺はまたグランとの共同作業を開始したのだった。

◇◇◇

「魔力回復薬って……、これってお茶みたいだな」

てっきり俺の中のイメージではポーションとかそういうものがあるのかと思っていた。

だが、グランとともに作り上げた魔力回復薬というのはお茶のようなものだった。

お茶と言ってもお茶っ葉を使う普通のお茶ではない。

しいたけのような見た目と味の魔力茸を乾燥させ、適度に煎ってから細かな粉末状にする。

それを暖かいお湯に溶かし込むことでできる魔力回復薬。

一口飲んでみると、それは前世で一度だけ飲んだしいたけ茶のような味をしていたのだった。

「先にアルス殿と木炭を作っておいたのが良かったのでござる。火力が一定の安定した熱を出すことができたので、品質のいい魔力回復薬が作ることができたのでござる」

「これは粉末状にしたままで保管しておくのか？」

「そうでござる」

「それで、この粉末がなにか武器を作るときに触媒になるのか？」

「ああ、それは違うでござる。今回は武器ではなく防具に使うのでござるよ」

「防具？」

「そうでござる。大猪からとれるのはなにも牙だけではないでござろう。大猪の毛皮から革鎧を作るのでござるよ」

「お、革鎧か。いいね」

「毛皮をなめすのに魔力回復薬を使うのでござるよ。魔力回復薬は粉末状ではなくお湯に溶かした状態で使うのですな。何日か毛皮を魔力回復薬に浸すようにしておくのでござるよ」

「わざわざ魔力回復薬を使う必要っていうのは？」

「これも武器のときと同じでござるな。きちんとした触媒を用いて作るとただの革鎧ではなく魔法効果のあるものになるのでござるよ。もっとも牙から作る硬牙剣ほどの効果はないのでござるが、それなりの防御力のある革鎧になるでござるよ」

「いや、十分すごいよ。それにしてもグランは本当にいろんなものが作れるんだな」

「はっはっは、それほどでもないでござるよ」

頭をかきながら謙遜しているが実際すごい。

多少変人ではあるが、すごく多才な人物だ。

もっといろんなことを知っているに違いない。

無理やり悪気なく連日の徹夜に付き合わせることがなければもっといい人だったのに。

だが、この村では絶対にお目にかかれない人物がよくこんなところに来てくれたものだと思う。

俺はこの出会いに感謝しながら、再び数日間の徹夜をしながらほかにもいろいろと作業に付き合わされたのだった。

◇◇◇

【瞑想】という呪文を作っておいた、かつての俺を褒めてやりたい。

一晩寝ればどれほどの疲労もすっかり取り切れるという、ただそれだけの魔法。

しかし、その魔法の存在があればこそ、俺は造り手たるグランと行動をともにできたのだ。

さもなければ俺は幼いうちから過労死していたかもしれない。

「ようやく、革鎧も完成か……、疲れた……」

「うむ、見事なものができたでござるな。ただ、バイト殿はまだ成長期ゆえ、すぐに使えなくなると思うのでござるが」

「いいよ、バイト兄が着られなくなったら俺がお下がりとしてもらうから」

革鎧を作ることになったが、ひとつ問題があった。

それはサイズのことだ。

大猪の毛皮をしいたけ茶ならぬ魔力回復薬で鞣して皮革加工して鎧にしていく。

だが、俺用に作るには、いささか体が小さすぎるという問題点があったのだ。

一度小さなサイズで革を切ってしまえばそれ以上大きなサイズにはならない。

ゆえに俺ではなく、俺よりも大きいバイト兄に合わせて革鎧を作ることにしたのだった。

なんだかんだで、土地の仕事の割り振りをうまく他の人にやってもらっているバイト兄の存在は大きく、ちょっとしたボーナス代わりでもある。

体の各寸法を測り、それに合わせて専用に作る。

といってもバイト兄もまだ身長が伸びており、ぴったりすぎるとすぐに合わなくなる可能性がある。

そのため、一応大きめに作って、部位ごとに多少の調整ができるように仕立てたのだった。

これなら、いずれバイト兄が着られなくなった際には俺がお古としてもらって使うこともできるだろう。

「いや、それにしてもアルス殿のもとに来てからは毎日楽しいのでござる。さあ、アルス殿、次は何を作るのでござるか？」

「なんで次の話になるんだよ。俺はものづくりばっかりする気はないぞ」

「そんな殺生な。アルス殿は拙者から楽しみを奪うつもりなのでござるか」

「そんなに言うなら、うちで働いている連中にでも売れる商品の作り方でも教えてやってくれよ」

「うむ。まだ当分この地にいるつもりなのでそれは構いませんが、やはり拙者は常に新しいものを作りたいと思っているのでござる」

「うーん、そうだなあ。それならこんなのはどうだ？」

ものづくりがしたいとそこまで言うのであれば、一度作ってみてほしいものがあった。

それは俺にはなかなかうまく作れないもの。

そして、もしかしたらグランの創作意欲もある程度満たすことができるかもしれない内容だった。

◇◇◇

「ここに俺が用意したレンガが置いてある。このレンガを使って建物を作って欲しい。ただし、絶対にここにあるレンガの数を越えてはいけない。っていう条件付きなんだけど、どうかな」

俺がグランに提案したものづくりは武器でも防具でもなく、建物づくりだった。

グランは非常に多才で武具のほかに薬にも知識があった。

であるのならば、建築についても知識があるのではないかと思っていたのだ。

そして、その建物づくりにはある条件をつけることにしていた。

それは使用するレンガの数の上限を設定すること。

その上限とはズバリ俺が魔法で宿屋を再現したときに作り出したレンガの総数と同じだ。

俺は頭の中でイメージした建物を魔法で作ろうとすると、その建物の内部空間も全て含めた容積と比例して魔力を消費してしまう。

そのため、イメージだけではあまり大きな建物は作ることができないのだ。

だが、以前別の方法で魔法を使って宿屋を建築したことがある。

それは実物として存在する宿屋に魔力を染み込ませて構造を完全に把握したことによって実現した。

魔力で作りたい建物の形を正確に把握できていれば、容積ではなく、建材の量だけの魔力消費量で建築可能なのだ。

つまり、逆に言えば俺が必ず建築成功させられるのは現状で二階建ての宿屋に使われているレンガの総数と同じくらいとなるわけだ。

なので俺はその数のレンガをグランへと渡して新たに建物を建ててもらうことにした。

もし、いい建物をグランが作り上げることができれば、俺はそれを魔力で【記憶保存】する。

そうすれば、今後はその建物をいつでも何度でも再現可能となるわけだ。

「できるか？　言っておくけどレンガはなるべく効率的に使って広々とした建物にしてくれよ。豆腐建築とかも論外だぞ」

「なるほど、条件付きで建物を建てさせる、でござるか。面白い依頼でござるな。単純な条件だからこそ発想の見せ所になるのでござる。普通ならばいくらレンガを使ってもいいから、いかに大きく豪華な建物を作れるかを考えそうなものでござるが」

「今のところそこまで大きな建物ってのは必要ないからな」

「質問でござるが、使えるのはレンガだけなのでござるか？」

「レンガ同士を固定するのにモルタルとかを使っていいよ。あ、あとあくまでも人が住むもので作ってほしいかな」

「いいでござる。拙者、アルス殿からの挑戦状、受けるでござるよ。さっそく作っていくでござる」

こうして、グランは俺の注文を受けて建物づくりを始めたのだった。

「さてと、グランがいないうちに俺もちょっと試してみるか」

何日もずっとグランと一緒にものを作る作業に付き合わされて、もうこれ以上はこりごりだと思っている俺だが、実は一つだけ試してみたいことがあった。

それはグランが作った硬牙剣を見て思いついたことだった。

硬牙剣というのは大猪の牙からできた直剣だ。

牙の状態でも大猪の巨体から繰り出される突進の破壊力と合わせれば人間など問題なく貫ける硬さを持つ。

それを剣の形へと変え、さらに魔力を注ぐことでより硬度を増すという特性がある。

が、魔力を通さずともかなりの硬さを持つ不思議な物質。

正直、どういう原理でそういうことができているのかはよくわからない。

だが、確実なのは大猪の牙という素材とヴァルキリーの角という触媒の効果によって【硬化】という特殊な効果が発揮されているということだ。

であれば、他のものにその効果を発揮することはできないものだろうか。

建物建築をお願いしてグランがいなくなったあと、俺はこの考えを試して見るために一人で炉に向かった。

手には材料を抱えている。

俺の考えは非常に単純なものだった。

それは俺が作り出しているレンガをもっと硬いものにできないかということだったのだ。

炉の前についた俺は材料を並べていく。

俺が魔法で作った耐熱レンガ。

魔法で作った粘土。

大猪の牙。

ヴァルキリーの角。

魔力回復薬。

最初は耐熱レンガを鍛冶で使っているハンマーで叩いて砕いていく。

前世で聞いたことがある知識だ。

粘土から耐熱レンガを作るためには、耐熱レンガを砕いて粘土と混ぜて作る、という順序が逆なのではないかと思う制作方法があったはずだ。

普通のただの粘土からではなかなか熱に強いレンガを作るのは大変なのだが、耐熱レンガという材料があればそれを混ぜると作りやすいのだという。

それを参考に俺は細かく砕いたレンガを粘土に混ぜ込んで、炉で焼いて自作レンガを作ろうとしているわけだ。

だが、当たり前だが魔法で作れるレンガを実際に焼いて作りたいわけではない。

ここで俺の思いつきを実現するために他のものを混ぜていく。

砕いたレンガと一緒にこれまた細かく砕いた牙と角を粘土へと混ぜ、液体状にした魔力回復薬を使って粘土を混ぜていったのだ。

とりあえずはそれぞれの材料の分量を十パターンほどに分けて、練り上げていく。

そうしてできた粘土を型に詰めて炉で焼き上げていったのだった。

何度もその作業を繰り返す。

焼き上がったものはほとんどが触るとボロボロと崩れてしまうような失敗作ばかりだった。

レンガ作りの作業そのものに慣れていなかったこともあるのだろう。

だが、だんだんと制作作業にもこなれてきて、どんどんと配合パターンを調整しながら粘土を焼いていった。

そして、数え切れないほどのレンガを焼き上げて、ようやく目的のものが出来上がったのだった。

◇◇◇

「カッチカチやぞ」

俺が作り上げたレンガは恐ろしく硬いものに仕上がった。

牙と角を混ぜ合わせたからかそれまでの魔法で作っていた赤茶色をしたレンガとは色味が異なっている。

少し白っぽいと言うか乳白色がベースだが白一色ではなく黒い模様が広がっている。

表面がレンガとは思えないほどツルツルとしている。

どちらかというとレンガというより大理石のような印象を受ける。

この新しく作ったレンガはとりあえず硬化レンガと呼ぶことにする。

この硬化レンガを先程までの作業で数え切れないほど振り上げてきたハンマーでぶっ叩いてみる。

ガキン。

そんな音がレンガとハンマーの衝撃によって発生した。

今までのレンガであれば間違いなく砕けていたはずだ。

だが、硬化レンガはそのハンマーの一撃を受けても表面に僅かな傷もついていなかった。

「すごいな……」

まさか素材と触媒を使うだけでこんな代物が完成するとは俺の予想以上だった。

前世の技術力を持ってしてもこんなレンガはできっこないのではないだろうか。

なんというか、ものすごいものを開発して俺の心はものすごい充実感に満たされていた。

グランがものづくりにのめり込んでいる気持ちが今なら少し理解できる気がする。

だが、俺のやりたいことはここで終わりではなかった。

硬化レンガを開発すること自体は最初の一歩と言ってもいいかもしれない。

俺がしたいのは硬化レンガの開発そのものではなく、硬化レンガを魔法で作り出すことなのだから。

魔法というものはものすごいものだと思う。

何が一番すごいかといえば、俺の知る科学知識を完全に無視して発動しているところだと思う。

ただの土からレンガを作り出していることもそうだが、同じ材料からガラスや白磁器を作ったりも可能なのだ。

そのくせ土や石、岩などのもの以上の硬度を持つ金属系は全然作れないという不自由さがあった。

だが、この硬化レンガならばどうだろうか。

俺の魔法で通常のレンガ以上の硬度を持つ、まるで金属のように硬いレンガができないだろうか。

常々そう考えていたのだ。

だが、頭の中でいくら硬いレンガをイメージしても今まで以上のものは魔法では作り出せなかった。

おそらくだが、俺の知識や常識といったものが「そんなものが存在するはずがない」とイメージの邪魔をしていたのではないかと思う。

だからこそ、実際に作り上げたかったのだ。

金属のような硬さを持つレンガをこの世界で。

硬化レンガを両手で持ち上げて、俺の体から魔力を送り込む。

これからやることは前にもやったことがあることと同じだ。

実際に存在する硬化レンガを練り上げた魔力で包み込み、その内部の構造を一ミクロンも見落さない意気込みで魔力を染み込ませていく。

時間をかけ、納得するまで魔力を染み込ませたあとに【記憶保存】の呪文を唱えた。

「硬化レンガ生成」

そして、硬化レンガの構造を覚えた状態で【硬化レンガ生成】と唱えた。

実験は成功だった。

それまでの【レンガ生成】という呪文で作られていた赤茶色のレンガではなく、大理石のような見た目の、ものすごい硬さを持つレンガが魔法の発動とともに目の前に現れたのだった。

「うーん、石畳じゃなくなっちゃったな……」

俺は新たに【硬化レンガ生成】という呪文を作り上げることに成功した。

その呪文によって生み出されるレンガは今までよりも遥かに硬いものだ。

しかも、材料として使った大猪の牙やヴァルキリーの角といったものがなくても、魔法を発動させるだけで土から作り出せる。

改めて魔法の便利さはすごいものだと実感してしまう。

その硬化レンガを使って他のものにも応用できないかと検討していた。

まずは、まだ呪文化が完全に終わっていなかった【道路敷設】という呪文に硬化レンガを使ってみることにしたのだ。

以前いろいろと試した中で、今後道路を作っていく際に古代ローマ式の石畳の道でも作ってみようかなと思っていたのだ。

排水を良くするために地面を掘り、大小の石と粘土、砂利などを敷き詰めた上から重さのある石をゆるいアーチ状に作ることで、長い期間使用可能な道路ができる。

この上部に置く石を硬化レンガにしてみようかなと考えたのだ。

道路の幅は六メートルほどとして、その両サイドに少し段差をつけて高さを上げた歩道を設置する。

こうすることで真ん中の道路をヴァルキリーがひく荷車などが通り、歩行者は安全に歩道を歩けるようにと思ってのことだった。

だが、魔法で作ってみるとどうにも俺のイメージする石畳の道路ではないものが出来上がった。

理由は単純だ。

一番上に敷き詰めているのが硬化レンガだったからだ。

大理石のようにきれいでなめらかな硬化レンガ。

それがすべて同じ大きさできっちりと敷き詰められているのだ。

まるで一枚岩のような道路がずっと続いている。

石畳だともっとデコボコしているものだと思うのだが、そんな凹凸は一つもない。

自分で想像していた以上に移動しやすい道路が完成したのだった。

「イメージと違うけど、まあいいか。デコボコしているよりも遥かにマシだろうし」

ちょっと印象が違うものの、まあ、古代ローマの街道を参考にしただけで完全再現したかったわけでものない。

十分使い物になるだろうと思って、そのまま完成した道路を【記憶保存】の魔法でインプットしたあと、条件反射で作ることができるように呪文化させたのだった。

◇◇◇

「アルス殿。ご依頼のあった新築が完成したのでござるよ。ご覧あれ」

俺が硬化レンガを作ったり、【道路敷設】の呪文化をして、壁の中の土地に道路を敷設し終わった頃だった。

グランがやって来て、依頼してあった建物が完成したことを告げてきた。

グランは俺が用意したレンガの総数を数え上げ、それをもとに何度も図面を引いて、いかに無駄なく大きな建物を作れるかを考えてくれたらしい。

「なるほど。窓を多くしたのは建材の節約のためか」

「そうでござるよ。以前倉庫でホコリを被っているガラスを見ていたでござる。カイル殿にお聞きしたところ、アルス殿が作ったものの売れずに放置されたものだと言うではないか。それを見て、ピンと来たのでござるよ」

グランの作った建物は以前街で見かけたようなあまり窓が存在しない建物とは一線を画していた。ほぼすべての部屋に大きめの窓が設置され、俺が作ったまま置いてあった窓ガラスがはめ込まれていたのだ。

そういえば前世でも聞いたことがある。

石などで建築物を作る際にアーチ状にすることには建材を減らすメリットが存在するのだという。

アーチ状のものとしてよくあるのは川を渡るのに設置する橋だ。

まずは橋を設置する予定の場所に木組みで橋をかける。

その木組みをアーチ状にしておき、アーチに合わせて石を並べていく。

左右から石を並べ終えたら、最後にアーチの頂上部分に要石というのをはめ込むのだ。

この要石をはめ込むことで、もともとあった木組みの部分を撤去しても重力にも負けず、橋を通る人や物の重量にも負けない強い橋が完成するのだ。

つまりは木組み部分に本来必要だった建材を丸々省略できるうえに構造物の強度を上げる、というところにアーチ状建築のメリットが存在するというわけである。

このアーチの特性を用いた建材を減らし強度を上げるテクニックは何も橋だけに限られるわけではない。

グランがその特性を今回作った建物に数多く利用していたのだ。

俺の中では玄関や部屋の扉、窓といったものは長方形のような形をしているものだという認識がある。

だが、扉や窓の形を長方形ではなく、上部を半円形にするとどうなるだろうか。

半円形、つまりはアーチ形状になるのだ。

扉や窓をはめ込む壁の穴をすべてアーチ状に開けることで、建築資材を減らし建物の強度を上げることに成功していたのだ。

「すごいな。前の建物は宿屋だったけど、それと比べるとかなり広く感じる。それに窓が多くあるから開放感が全然違うぞ。これはすごくいい」

「どうやら気に入っていただけたようでござるな、アルス殿」

「最高だよ、ありがとうグラン。この報酬はいくらでも払うよ」

「それはありがたい。であれば拙者にも家を建てる権利をいただけないでござるか？」

「家？　ここにか？」

「そうでござる。拙者旅の身なれど気兼ねなく暮らせる場所というのもほしいとは思っているのでござる。アルス殿の近くであればまた面白いものが見られるかもしれぬと思い、是非にお願いしたいのでござるよ」

どうしようか。

実は土地を壁で囲ってから、壁の中に住まわしてくれという人が少しずつ出てきているのだ。

だが、今のところは許可していない。

基本的にヴァルキリーたちの生活スペースであるという認識が俺の中にあるからだ。

しかし、グランが住みたいと言うのならば許可してもいいのかもしれない。

ここまでいろんなものを作れる人間というのはそうそう出会えないのだから。

こうして、俺の土地に家を持つ最初の人間としてグランが選ばれたのだった。

「グランの家を建てるなら、俺もそろそろ引っ越そうかな」

グランの発言を聞いてから、俺は自分の居住地についても考えるようになった。

俺は今もまだ村にある実家が基本的な住居となっているのだ。

もちろん、拠点にある宿屋の建物に泊まることもあるのだが、母が実家で手料理を作って待ってくれているため、あくまでも寝床程度の認識だった。

だが、住居について状況が変わってきた。

最近、俺の一番上の兄が結婚したのだ。

もともとは家族内の優先順位は父が一番高く、ついで長男から順番に下がっていく。

だが、長男が結婚したことでその状況が変わってくることが予想できる。

この世界では子どもが結婚したといっても、前世のように親と別れて暮らすことは少ない。

特に長男は新たな家族とともに現在の家と土地を受け継いで暮らしていき、父が亡くなれば新たなトップとして君臨することになる。

その場合、家庭内の序列は長男が一番で、次は長男の子どもの順になるため、俺やバイト兄のような兄弟は結婚せずに家にいれば半分奴隷のような居候扱いとなってしまうのだ。

家族のみんなとの関係が険悪であるといったことはないのだが、さすがに長男の下について一生を過ごす気にはならない。

であれば、ここらでひとつ独立してみることもやぶさかではない。

俺はグランの話を聞いてから、そう考えるようになったのだった。

「よし、決めた。引っ越し開始だ」

いろいろと考えた結果、俺は家を出て暮らすことにしたのだった。

◇◇◇

実家を出て生活していく。

そうなると俺の場合は当然開拓地に住むことになる。

だが、単に拠点の家に引っ越すということにはならなかった。

どうせなら開拓地をもう少し整備してみようかと思ったからだ。

現在、開拓地は生まれ育った村の北側にある。

もともとあった北の森を切り開き、その土地に四キロメートル四方をグルリと壁で囲むようにしている。

今までは利便性と最初に建てた隠れ家の位置関係から、俺の拠点は壁の中の土地でも村に近い南の壁のそばにあった。

これを今回の引っ越しを期に、場所を変更することにした。

多少村からの距離は出てしまうが、俺は自分の家を壁の中の土地の中心点にしたのだ。

四キロメートル四方に囲まれた土地の中心地にグランが建てた新築の家を作り直した。

作り直しは簡単だ。

グランが作ったオリジナルの家を魔法で記憶して、それを中心地で再現したのだ。

だが、再現する際には建材のレンガを硬化レンガへと変更してみた。

これにより、大理石を切り取って作り上げたかのような家が、開拓地の中心部分に現れたのだった。

そして、この俺の家の周りをグルリと囲むように新たに壁を設置した。

だいたい一辺一キロメートルほどの壁で新居の周りを囲んだのだ。

これも壁を硬化レンガへと変えた。

同じような壁だが、赤茶色のレンガでできた壁と違ってどこか高級感のある立派な壁になったのではないだろうか。

この中心の壁から外壁へと向かい、道路を引いていく。

東西南北の四方向へ向かって【道路敷設】の呪文を使って道を作っていった。

中心地から南へ向かって、村へと続く道。

この道の東西の土地には畑が広がっている。

そして、道のそばにグランの家を建てた。

というか、グランにこの場所の土地をあげたら、今度は自分で作り始めた。

俺の家とはまた少し違う建築になったのでこれも後で【記憶保存】させてもらうことにする。

この南の道にはバイト兄の家も建てることにした。

こちらは宿屋型の建物を俺がいくつか建築した。

どうやら、バイト兄も俺と同じように家を出る気だったようだ。

だが、俺の土地には来るものの、俺の家には入らないつもりらしい。

バイト兄は自分と仲のいい仲間と同じ宿屋型の家に住み、開拓地の畑で働く人で引っ越しを希望した人に宿屋の部屋を貸していた。

俺の開拓地の北側には森がまだまだ広がっている。

基本的にはまだこれからも開拓を続けていくつもりだ。

だが、北東方向の森は林業による管理地とするつもりだ。

北西方面に開拓を続ける予定にしている。

これにより、マドックさんを始めとした保護林で働く人も移住してきた。

外壁内の北東エリアを林業区にして、伐採した木材の管理などを行うことにした。

ちなみに、木炭や鍛冶などを行うには北西エリアを使うようにしようと思ったのだが、現状では無駄に遠いだけになり、北東に置くことにした。

中央区にある俺の家。

ここにはヴァルキリーの厩舎と魔力茸の栽培所がある。

この二つだけは、俺の現金収入には絶対に欠かせないものだからだ。

特に角ありヴァルキリーはここから出さないことにした。

だんだん俺は自分で使役獣の卵を孵化させなくなってきており、もっぱら角ありに孵化させているからだ。

こうして、俺は開拓地の区画整理を進めていった。

ようやくそれが完成し、引っ越すころには俺は九歳になっていたのだった。

◇◇◇

「おい、聞いたぞ、坊主。いや、アルス。旅人に土地を与えたらしいじゃないか。なんで俺には声をかけてくれないんだよ」

「ん？　行商人のおっさんには土地なんかいらないだろ？」

「そんなこと言うなよ。俺とお前の仲じゃないか。俺もいつまでも行商だけでの商売じゃなくて店を出したいんだよ。このとおりだ、頼む。店を出す土地を俺にもくれないか？」

俺と以前から取引を行っている行商人のおっさんが声をかけてきた。

どうやらあちこちを旅しているというグランがここに家を建てたことを聞いてきたようだ。

意外と耳が早いなと感心してしまう。

「でもなー。おっさんには魔法を使う使役獣がいないって騙されたこともあったしなー」

「ぐっ、それは俺も知らなかったって前にも言っただろ」

「それがホントかどうか俺にはわからんけどな」

「それを言うならお互い様だろう。こっちだってヴァルキリーが魔法を使えるなんて話は聞いてなかったんだからな」

まあ、結局はそこに行き着くか。

魔法が使える使役獣は貴重らしく、ただでさえ高価な使役獣相場の中でも超高級品として取引されている。

行商人であるおっさんはそのことを知らなかったらしい。

厳密に言えば、今のヴァルキリーの取引価格は適正ではないのかもしれない。

だが、もともとは俺が最初にヴァルキリーが魔法を使えるということを話しておらず、おっさんも知らなかった。

どちらが悪いと言い出しても意味がない話だろう。

ヴァルキリーという使役獣が魔法を使えるということは行商人のおっさんもすでに知っている。

というか、この土地を俺がグルっと壁で囲んだ時点でそのことを知っている人は多い。

さすがに使役獣を連れ歩きながら何ヶ月も壁を建てるために動き回っている姿を隠すことは不可能だったからだ。

だが、ヴァルキリーの取引価格は多少値上げしたものの、高級品としては扱っていない。

俺が最初から角を切り落として魔法が使えない状態で販売しているからだ。

あくまでもヴァルキリーに魔法を使う力があることを知るのは村の連中くらいで、村の外での販売先では普通の騎乗用の使役獣にしか見えないからだ。

村で使役獣の値段の相場を知っている人もいないし、当分疑問に思う人はいないだろうし。

「しゃーねーな。いいよ、出店を許可する。できれば、料理を出す店なんかがあれば嬉しいかな」

なんだかんだと言い合いながらもこの行商人とはそれなりに長い時間付き合ってきただけあって信頼している。

店を出したいと言うのであればそれもいいだろう。

もっとも、こんな物々交換しかしていないようなところで店を出す意味があるのかははなはだ疑問ではあるのだが。

実家を出てから家事に時間を取られているので、せめてその手間を省けるように食事処があると嬉しい。

そんなことを考えていたのだった。

◇◇◇

「そうだ、他にもアルスに言っておきたいことがあったんだ」

「何？　店を出す場所くらいなら多少は融通するけど」

「そりゃありがたい。だが、そうじゃない。ちょっと嫌な噂を小耳に挟んでな」

「嫌な噂？」

「ああ、この土地のことでな。ここは危険な連中がいるんじゃないかって話になっているそうなんだよ」

「危険なやつ？　そんなもんいないだろ？」

「やっぱり、自覚がなかったか。いいか、この話はな、お前のことだよ。お前は危険なんじゃないかって思われてるって話さ」

「俺が？　なんでだよ。俺ほどピュアな心を持った清らかで清純な人間なんていないだろ？」

「……お前が自分のことをどう思っているかはとりあえず置いとこうか。ま、とにかくそう思われてるかもしれないってことは気をつけとけよ」

「うーん。さっきのは冗談だとしても、危険なことなんかひとつもしてないはずだけど……。なんでそんな話になるんだろうな」

「あのなあ、お前バカかよ。ここを治めてる貴族様から見たらどう思うよ。北の村に巨大な壁で囲われた要塞みたいなところができたんだぞ。不穏な気配を感じ取っても不思議じゃないだろ」

「でも、この壁は大猪の獣害対策だから今更取り壊したりなんかできないぞ」

「そりゃわかるけどな。ただ、急にできてびっくりしているんだろ。そのうち、ここにも貴族様が見に来たりするんじゃないか？　ちゃんと説明しとけよ」

「そっか、わかった。先に聞けてよかったよ。ありがとう」

なるほど。

一応、この土地の許可証なんかはもらっているからある程度の裁量はあるものだと思っていた。

実際、去年の税金を納めるときにはそれほど変わったことは言われなかったように思う。

だが、考えてみればそういうこともありえるか。

俺は次に税の支払いまでにどう理由付けして話したものか、と頭を悩ませることになるのだった。

第六章　事件と決断

「はっ？　いまなんと？」

「何度も言わせるな。これより、この地はフォンターナ家直轄地とする」

行商人のおっさんが忠告していた話を聞いてからしばらくしたころ。

村に貴族家から、複数人の兵士を連れ、税の受取人がやって来た。

いわゆる徴税官というやつだ。

基本的に村では人頭税と土地の広さに応じた税を麦として徴収していく。

だが、前世のように一人ひとりの細かな計算というのはしないようだ。

村長が代表して税となる麦を村人から集めておき、それを納めた倉庫に徴税官が徴収しにくるのだ。

しかし、俺は麦ではなく金額での支払いとなっている。

そのため、特別に俺の家には村長のところによったあと別に徴税にやってくることになっていた。

今回もそれは同じだった。

徴税は年に一回なのでそれなりの金額を自分でしっかりと保管して置かなければならない。

さらに貴族から仕事を受けてやってくる者を最低限のもてなしで迎えなければならないため、俺は家の掃除を徹底して行い、食べ物と酒を用意して待っていたのだ。

これまでなら適当に飲み食いしてから税を受け取り帰っていく。

ただそれだけのはずだった。

だが、やって来た徴税官は酒を飲むこともなく、俺に羊皮紙を突き出すようにしながら貴族からの命令を通達したのだった。

いきなりのことに俺は一瞬思考回路を停止しかけたが、すぐに再起動をしてその羊皮紙に書かれた文面を読み取る。

そこには間違いなく次のような通達が書かれていた。

俺の土地をフォンターナ家が接収すること。

土地にある物と人もすべてフォンターナ家のもととなること。

さらに俺の身柄を保護するというものだった。

羊皮紙には以前もらった許可証と同じ紋章の刻印が刻まれている。

偽物の通達ということではないだろう。

「ちょっと待ってください。これはどういうことですか？　いきなりこんな内容は到底受け入れられませんよ」

「黙れ。これは決定事項だ。もし逆らうようならば力づくで強制することも可能なのだぞ」

「そんな……」

「それにこの決定はお前のためだ。この地には不穏な輩が入り込んでいる可能性もある。貴重な使役獣を生み出すお前を保護するためにも必要な措置なのだ」

もしかしてグランのようなよその土地の人間がここに住み着いたことを言っているんだろうか。

いや、そうとは限らないか。

行商人は嫌な噂が聞こえてきたと言っていた。

貴族家にかかわらず、庶民目線でもそういう雰囲気が広がっていたのかもしれない。

あるいは単純に何か言いがかりをつけるタイミングを見計らっていただろうか。

頭の中で次々と考えが浮かんでくる。

俺を保護するというのはどういうことだろうか。

確かに言い分としては、筋は通っているのだろう。

騎乗できる使役獣というのは戦略物資レベルの代物になるという話だった。

仮にそれが他に奪われでもすればこの地を治める貴族としては痛手になるだろう。

そのために、あらかじめその使役獣生産者を保護するというのは他の事例でもあるのかもしれない。

だが、それは俺にとっては受け入れ難い話だ。

もしそんな形で「保護」されてしまったらどうなるだろうか。

もしかしたらそれなりの暮らしをおくることはできるのかもしれない。

しかし、保護された場所からは一歩も外出をすることも許されない生活になるのではないだろうか。

俺が本当にただの僻地の村の住人で何も知らない子どもだったらそれでも不満はなかったかもしれない。

だが、俺はそうではない。

なんの因果か俺には村での生活以外の記憶があるのだ。前世の記憶が。

もっとうまいものを食べたいとも、自由にあちこちを見て回りたいとも思う。

保護という言葉で卵を生むだけの家畜と同じような生活をしたいとは思わない。

ガタン、ドン、ドガシャン。

俺が羊皮紙を見つめて思考の海に溺れているときだった。

強制的に意識を現実に引き戻すような大きな音が聞こえてきた。

これは家の外からか？

家の隣に建てた厩舎のほうから音が聞こえてきた。

普段そこまで大きな音がしないはずの厩舎からさらに何やら大声も聞こえてきている。

くそ、次から次になんだってんだよ。

俺は内心で悪態をつきながらも、その場に徴税官らを残し、とにかくその音がなんなのかを確認するために厩舎の方へと急行したのだった。

◇◇◇

なんだこれは。

どういう状況なんだ。

厩舎に来た俺が見たものは血の滴る剣を持つ兵士と頭から血を流している俺の騎獣であるヴァルキリー、さらに血の広がる床の上に横たわっているカイルの姿だった。

「カイルっ!!　おまえ、カイルに何してんだ！！！」

「何だ小僧。お前も俺のジャマをするのか。その使役獣を俺がもらってやるって言ってるだけなのにこのガキが邪魔しやがったんだよ」

「ふざけるなよ。お前、自分が何したのかわかっているのか」

「はぁ？　何だお前。お前も痛い目にあいたいってのか？」

血のついた剣の切っ先を俺に向けて伸ばすようにしてくる兵士。

その姿を見て、俺はキレてしまった。

今まで人に向けて使ったことなどない魔法。

【散弾】をそいつに向けてほとんど無意識にぶち込んでしまっていたのだった。

◇◇◇

「アルスっ！　カイルは無事なのか？」

「バイト兄か……、大丈夫だ、気を失ってるだけだよ」

意識を失って倒れているカイルを家のベッドに寝かせているとドタドタという足音がしてバイト兄が入ってきた。

どうやら話を聞いてすぐに飛んできてくれたのだろう。

ゼーゼーと息を切らしながらもカイルの安否を確認する。

地に伏したカイルは血溜まりの上にいた。

それを見たとき、俺はカイルが兵士の持つ剣によって切られてしまったものだとばかり思っていた。

だが、どうやら違ったようだ。

カイルの体には切り傷や刺し傷などは一切なかった。

どうやらヴァルキリーが守ってくれたようだ。

おそらくだが、勝手にヴァルキリーに乗ろうとした兵士を見てカイルが止めたのだろう。

それに怒った兵士が剣を抜き、カイルへと切りかかった。

だが、それをヴァルキリーが身を挺《てい》して止めたのだ。

カイルを押すようにして兵士との間に入ったヴァルキリー。

その衝撃で大きな音とともにカイルは地面へと倒れ、ヴァルキリーは額に傷を負った。

床に広がっていたのはヴァルキリーの血だったのだ。

「そうか、だけどお前の方は大丈夫なのか、アルス?」

「ちょっと落ち着いてきたかな。とりあえず、この問題は放置できない。他の人の意見も聞きたいから人を呼んでる」

「……そうか、ならいい」

バイト兄が大丈夫かと言ってきたのは、俺の精神面のことだろう。

だが、あえて俺はその質問への返答をずらして答えた。

俺が【散弾】で攻撃した兵士は即死だった。

徴税官とその他の兵は即死した兵の遺体を運んで街へと帰っていった。

街に戻ったら貴族へ報告するから覚悟しておくように、などと言っていたように思う。

が、俺はそのことをどこか他人事のようにしか聞いていなかった。

あまりそのことについて考えたくなかったのだ。

そうして、しばらくすると俺が呼んだ連中が集まってきたのだった。

◇◇◇

「……というわけで徴税に来た兵士の一人を殺してしまった。向こうが要求してきたことにも返答していない。今後、どうなると思う？」

「やっぱり、どう考えてもお咎め無しという訳にはいかないだろうな。多分、フォンターナ家に報告がいったら兵隊を集めてこっちに向かってくると思うぞ」

俺はとりあえず今後どうするかを考えるために人を集め、話し始めた。

行商人のおっさんが俺の質問に答える。

「……ここを捨てて逃げるのも考えないといけないかな？」

「それもひとつの案でござろう。他の貴族が治める土地に逃げ込めばなんとかなる可能性は十分あると思うでござるよ」

「フォンターナ家が引き渡しを要求したりするんじゃないのか？」

「するでござろうな。ただ、ここの貴族と関係の良くない貴族であればそんなものを聞き入れないと思うでござるよ。なにせアルス殿は貴重な使役獣を孵化させることができるのでござる。むしろ引き手数多でござろうな」

「そういうものなのか。なら最後の手段としては逃げることも考えといたほうがいいだろうな」

「その時は拙者が案内をするでござるよ。ただ、もしそういったふうに庇護を求めたら結局その貴族に『保護』されるというのは変わりないのでござる」

そうなんだよな。

逃げれば命は助かるかもしれない。

だが、結局は俺の自由はなくなるということになるだろう。

死なないのであればいいだろうとも思うが、自由を奪われた生活は死んでいるのと同じではないのだろうか。

「何言ってんだよ。こうなったら徹底抗戦だろ。お前、ここが奪われてもいいのか。なんのために頑張ってきたんだ!!」

「バイト兄……」

「それにお前は兵士を殺したんだぞ。次に来る兵士が俺たち親戚関係まで一人残らず捕まえるに決まってるだろ。カイルも今度こそ殺されるかもしれないんだぞ。なら、戦わなくてどうすんだよ！」

「バイト兄、そうは言うけどどな、どうやって戦うんだよ。俺一人でいくら魔法を使ったって、さすがに兵士がたくさんいたら勝てるわけないんだぞ」

「バカにすんなよ。俺も一緒に戦うに決まってんだろ。弟を守るのは兄貴の仕事だ！」

「……アルス、お主が立ち上がるというのであればわしも協力するぞ」

「え、マドックさんが？　呼び出しといてなんだけど、マドックさんはこの件に関係ないだろ？」

「わしはお主が小さいときからずっと見てきたんじゃ。言ってみれば孫のような存在じゃよ。それが貴族様相手とはいえ、殺されかねんのじゃ。助けてやりたいと思うのはそんなに不思議か？」

　俺のことをそこまで思ってくれてたのか。

　だが、それだけでわざわざ権力者に歯向かおうとするものだろうか。

「それに今我ら木こりの生活が充実し始めているのはお主のおかげじゃからな。お主が森を整備して、安全な場所に木材を保管して、家具や木炭づくりを始めたから、みんな食べるものに困らなくなってきたんじゃ。今となっては、もうかつての生活に戻りたいは思わん。言ってみれば、お主は我ら木こりの中心人物なんじゃよ。なら、命をかけてでもお主のことを助けてやらんとな」

「ありがとう、マドックさん」

「あー、くそ。他の人がそこまで言っているのに親である俺がなんにもしないわけにはいかないだろ。アルス、父さんも腹をくくった。一緒にやってやるよ。お前はともかく母さんたちは父さんが守らなきゃいけないからな」

「父さんも……、ほんとにいいの？」

「ああ、男に二言はない」

まじかよ。

俺が呼び集めたのは自分の味方をしてくれそうな人ばかりだったのだが、まさかここまで味方してくれるとは。

だが、それもいいかもしれない。

みんなには悪いが、俺は貴族のような連中に自由を奪われて生活するのは嫌だ。

この世界でこれまで貧乏農家に生まれてもそれなりに楽しく暮らしてこられたのは、俺が自由気ままにやってきたからだ。

その生活をこれからもしていくにはどうやら戦うしかないらしい。

なら、俺も決めるしかない。

自由を得るため、家族を守るためにも、貴族と戦うことを。

こうして、俺はいずれ来るであろう兵隊を撃退するために急いで行動を開始したのだった。

「そういうことなら俺も協力させてもらうぜ。商人仲間に連絡をとって情報を集めてみる」

「おっさん……、いいのか？　メリットのないことは商人はしないんじゃないのか？」

「ばか言うなよ、お前がいなくなったら俺の使役獣独占販売がなくなるんだ。それに、そこの爺さんと同じさ。俺はお前のことを買っているんだぜ、アルス」

「ありがとう、無事に解決したらでっかい土地を用意しとくよ」

「それはそうと、勝算はあるのか？　いくらなんでもこの場にいる数人じゃ、どう頑張っても殺されておしまいだぞ」

行商人の言うことももっともだ。

確かにここにいる数人ではどうしようもない。

戦うと決めたとしても、最低限の人数すら揃わないのであれば無謀もいいところだろう。

人数を集めなければならない。

どんなことをしてもだ。

「まずは人を集める。俺とともに戦い、命をかけてくれる人が必要だ」

「どうする？　畑の手伝いをしている奴らを無理やり連れていくか？」

「バイト兄、そんなことをしたら俺たちがそいつらに寝首をかかれかねないよ。無理やりじゃなくて、そいつらから志願するくらいじゃないと」

「そんなこと言ったってな、お前がいつも言ってる『金で雇う』とかいうやり方でも一緒だろ。もし人数が集まっても危なくなったらすぐ逃げるぞ、そんなやつらは」

「そうかもね。なら、もっといいものを報酬に出そう。貴族に歯向かうだけの価値があるとみんなが考えるものを」

「そんなものがあるのか？」

ある。

おそらく、それだけの価値があるはずだ。

自分の命をかけても得られるものが大きいと思わせられるものが。

だが、まだ一度もそれが実現できるのか俺は試したことがなかった。

だから、俺はこの場にいるバイト兄、父さん、マドックさん、行商人のおっさん、グランに対して、俺が持つ最高の切り札を見せることにしたのだった。

◇◇◇

「まず、最初に言っておくことがある。これから見せるのは俺の奥の手とも言えるものだ。これを見せるからには絶対に俺に協力してもらう。もし、少しでも怖気づいたのなら今のうちに申し出てくれ」

俺が真剣な眼差しでみんなを見つめながら、そう言った。

一人ひとりの目を、まるで射殺すかのように見据えていく。

場の空気が冷えたかのようにあたりが静まり返った。

「わかったでござる。アルス殿がそこまで言うのであれば拙者も命をかけるでござるよ」

「いいの？　一度言ったからには引き返せなくなるよ？」

「旅の身の拙者がここで腰を落ち着けようかと考えた折にこのようなことになったのでござる。これもなにかの縁でござろう。それにアルス殿が言う奥の手とやらも見てみたいでござる」

「そうか、ならいい。他のみんなもいいんだな？」

「ああ、問題ないぜ。それより、何を見せる気なんだよ。勿体つけずに早く見せろよ、アルス」

「わかった。俺が協力者に対して与えるのは『魔法』だ」

「……魔法だと？」

「そうだ、もちろん生活魔法なんかじゃない俺独自の魔法だ。俺の魔法をみんなに授ける」

「無理だ、そんなこと出来っこない。アルス、父さんはお前が何を言っているのかわからないぞ」

「言葉通りだよ、父さん。俺はこれよりアルス・バルカと名乗る。この村の、バルカ村の名をもらう。そして、みんなにもこのバルカを名乗ってもらう」

「土地の……名を……。アルス、それは……、それはあまりにもやりすぎじゃろう。それではまるで貴族のようではないか……」

「そうだよ、マドックさん。これからは俺たちはバルカという名のファミリーだ。規模は比べ物にならないかもしれないけど、貴族と対等になる。それしか、俺の進むべき道がない。フォンターナ家と交渉するにしても最低限自分たちの位置をそこまであげないといけないんだ」

「しかし、アルス殿。いくらなんでも貴族になるのは難しいのではござらんか？　名を付けるだけで貴族と同等になれるわけではないのでござるよ」

「だから、魔法を授けるって言ってるだろ。いいから決めろ。俺とともにバルカを名乗るのかどうかを！」

俺が声を張り上げて言う。

やはり、急にこんなことを言われて戸惑うばかりのようだ。

だが、俺の目は先程からずっと同じだった。

この場にいる全員を見通すような目だ。

決して状況の悪さに悲観して無茶苦茶なことを言っているだけではない。

それが伝わったのだろう。

少しの時間を置いて、この場にいる全員が結論を出した。

バルカの姓を名乗り、魔法を授かると。

それを見て、俺は深く深呼吸をする。

何度も何度も、体中にある酸素をすべて取り替えるかのように深く呼吸を繰り返す。

その呼吸により空気中に存在するすべての魔力を取り込むように。

外から取り入れた魔力を腹のあたりで自身の魔力と練り合わせる。

空気のような希薄な魔力を液体に変え、さらにそれをドロドロとした粘性の強いものへと煮詰めるようなイメージで魔力を練り上げていく。

その魔力を体の隅々へと満たしていき、再び深呼吸を行い新たな魔力を取り込んでいく。

そうして、極限まで練り上げた魔力を指先から少しずつ絞り出していった。

魔法陣。

命名の儀で始めてみた魔法陣を再現していく。

【記憶保存】で脳内へと完璧に記憶しているとおりに魔力で空中へと魔法陣を描き出し、それが霧散しないように固定する。

いつも使う土系統の魔法とは雲泥の差の難しく繊細な作業だった。

この作業も久しぶりだ。

結局ヴァルキリーに使ったとき以降、俺はこの魔方陣を使うことがなかった。

やはり、使うとどうなるのかということがはっきりわからなかったからだ。

最初に生まれた使役獣にヴァルキリーという名を名付けたが、その後に生まれた子たち全頭に魔法が発現してしまった。

それをすでに名前を持っている人間に使うとどうなるのか。

それがわからなかったからだ。

だが、俺が持つカードの中でもこの魔方陣による名付けは間違いなく最高の切り札だ。

農民にとって俺の持つ魔法、とくに【整地】や【土壌改良】は喉から手が出るほどほしがるもののはずだ。

ほしがるやつは後を絶たないと思う。

だからこそ、リスクはあるものの俺はこの魔方陣を使うことに決めた。

もっとも、すでに他の人が持つ名前は神からの加護として認識されている。

だから、その名を捨てることなく、新たに名を付けるために俺は自分の生まれた村の名をとってバルカという姓を新たに付けることにしたのだ。

「命名、バイト・バルカ」

「命名、アッシラ・バルカ」

「命名、マドック・バルカ」

「命名、トリオン・バルカ」

「命名、グラン・バルカ」

俺が一人ひとりに向かって魔法陣を差し出すようにしながら、新たな名前を付けていった。

こうして、俺とともに戦う魔法戦士がこのバルカ村に誕生したのだった。

◇◇◇

「うはっ、すげえな。お前こんなもんを隠し持ってたのかよ、アルス」

「……ふう、どうやらその様子だと成功したみたいだな。バイト兄以外もみんな魔法が使えるようになっているかな？」

「うむ、拙者も使えるでござるよ。それにしてもすごい数の魔法でござるな」

魔法陣に集中していた俺はバイト兄の一言で張り詰めていた緊張の糸を途切れさせた。

やはりこの魔法陣を使うのは神経を使う。

だが、そのかいはあったようだ。

俺が命名した人はすべて新たに俺独自のオリジナル魔法を習得していたのだ。

「よし、これを取引材料に村から戦力を集める。今俺に協力してくれる人には同じようにバルカの名と魔法を授けることにする。みんなで手分けして声をかけてきてくれないか？」

「わかった。早速行ってくるぜ」

「それとおっさんは別行動を頼みたい。なるべく早く街に行って情報を集めてきてくれないか？」

「了解した。とりあえずフォンターナ家がどのくらいの人数を集めるかを調べてみる」

「頼んだ。気をつけてね」

「そりゃこっちのセリフだ。死ぬなよ、アルス」

さっと手を伸ばしながら行商人のおっさんが言う。

その手を握り返しながら、もちろんと答えた。

しかし、死ぬな、か……。

まさかこんなことを言われる人生を送ることになるとは夢にも思わなかった。

大変なことになってきたなと思わずにはいられなかった。

◇◇◇

「七十八人か。結構集まったな」

その日のうちに村中を駆け回った結果、それなりの人数が集まった。

みんなが手分けして村中に散らばり、魔法を実演しながら説得してくれたのだ。

いかに貴族が無理を通そうとし、そのために村の人間でありなんの罪もないカイルを傷つけようとしたのかという若干脚色した話を広めた。

その上で、俺たちが立ち上がり貴族へと反抗することを宣言する。

当然、それだけでは村人はドン引きだ。

そんなことをするやつとはお近づきになりたいはずもない。

だが、そこで魔法を実際に見せる。

今なら協力しさえすればこの魔法が使えるようになるし、何なら新しい土地を提供することもいとわない。

そういう風に感情面とともに実利も提示していったのだ。

しかし、それだけではそこまで人数が集まらなかった可能性が高いだろう。

どんなに実利があったとしても権力者に抵抗するというのは並大抵のことではない。

だが、その問題を突破することができた。

それは俺たちの持つ村との関係があったのだ。

俺は森を開拓して自分の土地にしていた。

そこでの仕事に手が回らなくなり、バイト兄を雇った。

そのバイト兄だが村の中ではかなりの存在感があったのだ。

常に喧嘩を繰り返し、成長し続けたバイト兄に腕力で歯向かおうとする人間はいない。

さらに俺が与えた仕事を貧困にあえぐ子どもたちなどに食べ物などの現物報酬で仕事を割り振ったりもしていた。

つまり、村の中で若者層と貧困層にすごく顔が利いたのだ。

かなりの人数を集めてきてくれた。

マドックさんも木こり連中に話を持ちかけ、人数を集めてくれた。

こちらはマドックさんの言う通り、俺が行った森林管理の影響を大きく受けている人たちが集まってくれた。

やはり、以前までのように危険な動物も出たりする森のなかでほそぼそと木を切るだけの生活よりも、今の生活のほうがいいということらしい。

かつて、マドックさんが木こりが持つ俺への不満を知らせてくれたおかげだと思う。

日頃から斧を振り回す、村でも屈強な男たちが、マドックさんを通して俺のもとに集まってくれたのだ。

だが、最終的に一番大きな影響を村に与えたのはヘクター兄さんだった。

ヘクター兄さんというのは俺とバイト兄の兄に当たる男で、父さんから見ると一番最初に生まれた子どもということになる。

そして、つい先日結婚した人だ。

実は結婚したと言ってもヘクター兄さんはまだ十四歳だったりする。

これはこの世界の男性と比べても少し早い結婚だ。

なぜそんなに早く結婚したのか。

それは結婚相手がゴリ押ししてきたからだった。

ヘクター兄さんが結婚した相手の家は俺たちの住むバルカ村の村長の家の娘だったのだ。

以前から虎視眈々《こしたんたん》と俺の開拓地を狙っていた村長。

彼はまだ幼い俺ではなく、その家族である兄さんに狙いを定めたのだった。

いずれ我が家の家長となるヘクター兄さんと婚姻関係を結べば合法的に俺の土地に対して口を挟む権利を得られる。

そう考えたのだろう。

しかし、それは早計だったと言わざるを得ない。

まさか村長も娘が結婚した直後に相手の家が権力者と揉めるとは考えもしていなかっただろう。

まあ無理もないだろう。

俺自身も決してそんな考えを持っていなかったのだから。

だが、村長にとっては不幸な出来事であっても、俺にとってはありがたい結婚関係ということになった。

お前も連座で殺されるぞ、と村長を脅しつけて村人への協力を要請させたのだ。

結果として我が家とはあまり縁のない家の人間もそれなりに動員することに成功したのだ。

そもそも、バルカ村の規模でいうと普段の動員戦力は五十人前後くらいだ。

別に戦のたびに毎回男手がすべて出ていくわけではないからだ。

まだ成人前の子どもも混ざっているとはいえ、思った以上の人が集まってくれた。

ぶっちゃけここまでくれば反乱参加者と血縁関係にない人物などこの村には存在しないことになるだろう。

こうしてバルカ村はあっという間に村全体が貴族へと反抗する土地へと変貌していったのだった。

番外編　兄と弟

俺には弟がいる。

年齢は二歳下になる弟、アルスだ。

こいつは昔から変なことばかりしているから、いつか何かやらかすだろうと思っていた。

だけど、ここまで大事に発展するとは俺も思っていなかった。

アルスが税の取り立てについてきていた兵士を手に掛けたのだ。

そして、その件についてどうするか話し合ったところ、すぐに決断を下した。

それは土地を治める貴族と正面から戦うということだった。

普通ならば、そんなことはできないと誰もが思う。

周りの大人がアルスの身柄を拘束してでも止めるだろう。

だけど、あいつはとんでもない奥の手を持っていた。

まさか、俺たちに魔法を授けることができるだなんて誰が考えただろうか。

生まれた村の名前をとって新たにバイト・バルカとなった俺は、アルスのもとに集まった村人たちを見ながら昔のことを思い出したのだった。

◇◇◇

弟のアルスは今よりも小さいときから変わったやつだった。

俺も年が近いから自分の小さいときのことはそこまで覚えていない。

だけど、昔ものすごい大飢饉があったことは覚えている。

それも何年も続けてまともに畑から作物が収穫できないことが続いたんだ。

幼いときの記憶はひとえに「腹が減った」ということしか覚えていなかったといってもいい。

あとから母さんに聞いた話でも、畑で取れた僅かな作物はほとんどが税として持っていかれて、残ったものも父さんが食べて、その次に俺の兄貴の長男が食べていたから、俺も母さんも、もちろんアルスも全然腹を満たすことができなかった。

特に母さんは自分で食べる分も減らして俺やアルスに分けていた。

もっとたくさん食べたかっただろうなと思う。

だけど、そんな母さんの食べる分をもらっても俺には全然足りなかった。

だから、いつもアルスの分をとって食べようとしていた。

けど、あいつは生意気にも俺に反抗してきやがった。

小さいときの二歳差なんて力が全く違うはずなのに、俺と結構いい勝負をしていたらしい。

まあ、そんなのがあったからか、アルスは考えもしなかった行動に出た。

まだ三歳くらいのガキのときに自分から畑仕事を始めたんだ。

その時のことは俺もよく覚えている。

最初は無駄なことで体力を使って腹を空かすなんて馬鹿だなこいつ、としか思っていなかった。

だけど、そんなアルスの行動は俺も、もちろん母さんや父さんも予想しないことに発展していた。

小さな体でテクテク歩いているようなアルスがきちんと畑で作物を育てることに成功したんだ。

作っているのはとても食べられないようなまずさのハツカだ。

貧乏農家御用達と言われるまずい食べ物として有名なハツカだが、それを収穫することができるようになった。

アルスが畑で食べ物を育てると言ったときに家族みんなが笑いながら「できるんならやってもいいよ」と言ったが、本気で成功するなんて考えもしていなかった。

しかも、アルスに任せた荒れた畑はすごいふかふかの土になっていた。

当時はどうやっているのかと思っていたけど、なるほど、今になってみるとあの当時から魔法を使っていたんだなとわかる。

だけど、そのときは少なくとも俺はアルスが畑をどうやって耕しているのかはわからなかった。

わかっていたのは、アルスの畑にはまずいけど食べられないことはないハツカがあるということ。

俺は早速自分の腹を満たすために畑に出向いてやった。

あいつには悪いがちょっと痛い目にあわせてやればハツカをよこすと思っていたんだ。

けど、そうはならなかった。

畑仕事を始めたころから、明らかにアルスのやつが強くなり始めていたからだ。

それまでだったら力で言うことを聞かせることもあったのにそれができなくなっていった。

最初はそれなりに勝っていたのに、だんだんと負け越すようになったんだ。

だから、俺は聞いたんだ。

どうやって強くなったのか、その秘密はなんなのかって。

そしたらあいつは普通に教えてくれた。

難しい言葉をいろいろ言うからわかりにくかったけど、とにかく魔力とかいうのを作って体に溜め込めば力が上がるらしい。

それを聞いて俺はすぐにアルスから聞いたことを実践した。

最初はよくわからなかったけど、だんだんとコツを掴んできた。

けど、結局力が強くなったころには水くみとかを手伝ってやればアルスはハツカを渡してきたから喧嘩することも無くなっていった。

◇◇◇

そんなこんながありつつも、俺とアルスは大きくなっていった。

だけど、いつのころからか変な噂が出てくるようになった。

噂っていうのはアルスのやつについてのことだった。

アルスが家の近くの畑だけじゃなくて、家の他の畑も耕し始めたころかと思う。

あいつが耕した畑は他の村の家の畑のどことも似つかないほどきれいになる。

だから、すごく目立つんだ。

どうやって畑をそんなきれいに耕しているんだって。

たぶん父さんとかはいろんな人に畑の耕し方を聞かれたと思う。

最初はうまくごまかしていたはずだ。

けど、駄目だった。

いつの間にかまだ子どものアルスがやっているってのが知られるようになったんだ。

じゃあ、そのことを知ったら村の連中が次にすることは何か。

決まっている。

うちの畑もアルスに耕してもらいたいって言い出したんだ。

アルスはそれを断った。

自分にはやることがあるからと言ってきっぱりと断ったんだ。

それが村の連中にとっては不満だったらしい。

本当にいつのまにか、アッシラとマリーのところの三男は悪いやつだって雰囲気になっていった。

もちろん、それでも大人はそれを表に出してはこなかった。

けど、子どもは違った。

村の子どもたちのなかでアルスの陰口を言うやつが増えていったんだ。

そして、ある日、ガキ連中の中でアルスをいじめようって話が出たのを偶然聞いた。

それを聞いて、俺はどうしても許せなかった。

アルス本人に言っても「気にしなくてもいいよ」とか言ってたけど、俺はそれが嫌だった。

あいつとはよく喧嘩もしたけど、それでも俺の弟なんだ。

その弟をいじめるやつを見過ごすことはできない。

だから、俺はアルスのことを悪く言うやつらと戦った。

毎日、家から出掛けていっては悪口をいうやつらを倒していった。

けれど、それはなかなか終りが見えない道だった。

人の悪口を言うやつらは俺に喧嘩で負けると何人も集まるようになったんだ。

最初は二人で俺を襲ってきて、それでも負けるようになると今度は三人になった。

それでも勝てないとなるともっと人数が増えていく。

さすがにいくら俺でも五人以上では勝てないことも多かった。

ボコボコにされて家に帰ったときもある。

そんなとき、あいつが言いやがったんだ。

「もっと腰の動きを意識して拳を出せ」って。

最初は何言ってるんだと思った。

けど、アルスはどうやら上手な体の使い方を知っているらしかった。

俺が喧嘩をするときに殴る動きが下手くそだとか言ってきたんだ。

もっと腕を使うときにはこうしろだとか、蹴りはこうするとか、変わったところでは関節を極める方法とかも知っていた。

だけど、誰のために俺が戦っているのか、こいつはわかっているんだろうか？

お前のために俺が怪我しているんだぞと思って、久々にあいつと喧嘩したけど完敗した。

昔よりも大きくなったアルスは更に強くなっていたんだ。

けど、それ以上に体の使い方が上手いっていうのもなんとなくわかった。

だから、それからは俺はあいつに喧嘩の仕方を聞いてもっと訓練するようになったんだ。

◇◇◇

そんなふうに毎日喧嘩に明け暮れるような日が続いた。

魔力を使って力を強くしたり、どうやって体を使えばうまく戦えるかを考えたりしていたらいつの間にか俺は十人以上を相手に喧嘩しても負けなくなっていた。

そうすると、今度は数に頼らずにもっと強いやつを連れてくる連中が現れた。

俺よりも力が強いやつ、そう、年上の子どもを引っ張ってきだしたんだ。

だけど、多少俺よりも年が上でも喧嘩は負けなかった。

さすがに年上連中が複数で来たときは危ないときもあったけど、何回かするとそれにも慣れた。

そのころになると、俺も一人じゃなくなったしな。

村の子ども連中の中ではかなり強くなった俺には、よくつるむ連中が増えていたからだ。

そうすると、だんだんとアルスに対する悪口も減ってきたように思う。

少なくとも表立って言うやつは減った。

まあ、それは俺が強くなったってのもあるけど、アルスのやつに新しい相棒ができたっていうのもある。

あいつは俺が喧嘩を繰り返している間にも畑仕事をしながらサンダルなんかを作って金を貯めていたみたいだ。

そして、その金で武器を買うんだって言っていたのに、ある日突然使役獣の卵なんかを買ってきやがった。

母さんも怒っていたな。

今まで貯めていた金を一度に全部使い切ったから当然だろう。

けど、結果的にはその買い物は無駄にはならなかった。

それどころか、大当たりだ。

あいつはヴァルキリーという背中に乗って移動できる騎乗型の使役獣を、孵化することに成功したんだから。

それからは、きれいで真っ白な毛並みの、頭には二本の角まで生えた使役獣にいつでも乗って移動するようになったんだ。

力も強い使役獣に乗って、村の北にある森から毎日木を倒して持ち帰るアルスを見て、少なくともそれまでみたいな文句を言うやつはいなくなった。

だって、あいつは父さんやたまに村に来る行商人と一緒に貴族様のところに行って土地の所有書までもらってきたんだから。

そのころになるともう村長すらアルスのことは悪く言えなくなっていた。

それからもあいつは常にみんなを驚かせ続けた。

村の北の森を開拓して自分の土地にしたら、それが原因で森から大猪が出てきたことがあったんだ。

さすがにこれは俺もビビった。

けど、あいつはちょっとそのへんに散歩に行ってくるみたいな気楽さでヴァルキリーに乗って大猪を退治してきやがった。

大猪といえば、昔この村を壊滅状態にまでした元凶とも言える魔物で、貴族様の兵どころか騎士にでも来てもらわないと危険な相手だって話だったはずだ。

それをなんてことないみたいな顔で倒してくるんだ。

負けてられねえ。

俺だってあいつの仕事を手伝ってヴァルキリーに乗る練習も続けているんだ。

最近は剣の練習もしている。

木でできた剣だけど、ヴァルキリーに乗って武器を使う練習も毎日しているんだ。

最近はちょっと負けが増えていたけど、いつまでも弟に負けていていいわけないだろ。

俺はあいつの兄貴なんだから。

このころになると俺はもう村の中では複数の大人相手にだって普通に勝てるようになっていた。

だけど、それだけじゃ駄目だ。

もっと強くならなくちゃいけない。

それこそ、俺も大猪を倒せるように、騎士にだって負けないくらいに強くならないといけない。

◇◇◇

そう思っていたときに、今回の事件が起きた。

アルスはさらに下の弟であるカイルを守るために戦った。

だったら、アルスの兄である俺がアルスを見捨てるわけにはいかない。

弟に手を出すやつを倒すのは俺の役目だ。

アルスにもらったバルカという名前のおかげで、今まで使えなかった魔法も使えるようになった。

やるしかねえ。

俺はすぐに村中を駆け回って喧嘩仲間を集めてそいつらもアルスから名付けを受けて一緒に戦うように説得した。

たぶん、村で集めた男手のなかでは一番俺の知り合いが多いはずだ。

やってやる。

相手が誰だろうと、俺の目が黒いうちは絶対に弟たちにては出させない。

絶対に勝つ。

俺は仲間たちを引き連れてヴァルキリーの上から大声で檄を飛ばして、これからの戦いに向けて動き始めたのだった。

あとがき

皆様、はじめまして、カンチェラーラと申します。

まずは、本書を手にとって頂いてありがとうございます。

本作はインターネットで小説を投稿するサイトにて私が気ままに書き連ねていた作品を拾っていただき、こうして書籍という形になりました。

が、実際のところ書籍化できるなどとは夢にも思っておらず、今でも信じられません。

それがこのように日の目を見ることになり、大変ありがたく思います。


本作は私が書きたいと思った要素を詰め込んで出来上がった作品です。

そして、その中で特に意識しているのが、主人公が少しずつ力をつけて段々と成長していくということです。

いきなり強大な力を手にして大暴れするという展開も考えましたが、一歩一歩少しずつ成長していく過程を大切にして書こうと思っています。

しかし、主人公のアルスは基本的にはあまり能動的に外に向かって出ていく性格でもなく、割と自分の庭で好きなことを好きなようにやりたいという考えのようです。

が、それを周囲が許さないという状況で、ある種流されるようにアルスは臨機応変に対応していくことになります。

それに伴って、段々と広がっていく世界を楽しんでいただければと思います。


本作が書籍化のお話を頂いてから編集部の扶川様をはじめ多くの方のご尽力により、こうして出版までたどり着きました。

編集様には大変ご迷惑をおかけしながらもさまざまなご意見を頂き、ありがとうございます。

また、イラストレーターのＲｉｖ様には本作にはもったいないほどの美麗なイラストを描いていただき感謝しております。

その他、さまざまなご意見を送っていただいた読者の方々にもお礼申し上げます。

本作は私一人の力では決して完成することはなかったと思います。

ひとえに多くの方々のおかげで、こうして皆様の手にお届けすることができました。

この本を手にとっていただけた皆様に心より感謝を。

それでは、またどこかでお会いできることを祈りつつ、失礼いたします。

Character References

01

アルス・バルカ

性別: 男	年齢: 九歳
プロフィール	日本人としての前世の記憶を持つ。貧乏な農村であるバルカ村に生まれたが、魔法を編み出すことで少しずつ生活を改善していく。基本的には優しい。だが、自分や周りのものが害されるようなことがあると苛烈な行動でも躊躇なく行うことがある。村の希望者に命名の儀（名付け）を行い、自身も姓を得た。
魔法	【照明】【飲水】【着火】【洗浄】【土壌改良】【魔力注入】【記憶保存】【整地】【レンガ生成】【硬化レンガ生成】【身体強化】【瞑想】【散弾】【壁建築】【道路敷設】

02

ヴァルキリー

種別：使役獣《しえきじゅう》

プロフィール

アルスの魔力をもとに、特殊な卵から孵化する使役獣という存在。卵から孵化した直後は手のひらサイズであるが、十日ほどもすると騎乗できる位の大きさへ成長する。アルスの持つ呪文化された魔法を使うことが出来る。成獣は【魔力注入】を使って使役獣の卵を積極的に孵化させ、仲間を増やそうとする特性がある。

魔法

【照明】【飲水】【着火】【洗浄】【土壌改良】【魔力注入】【記憶保存】【整地】【レンガ生成】【硬化レンガ生成】【身体強化】【瞑想】【散弾】【壁建築】【道路敷設】

03

マリー

性別: 女	年齢: 二十九歳
プロフィール	アルスの母。 優しいが子育てでは厳しく指導する一面もある。名付けには参加していない。
魔法	【照明】【飲水】【着火】【洗浄】

04

アッシラ・バルカ

性別: 男	年齢: 三十歳
プロフィール	アルスの父。 真面目で賢い。アルスの名付けにより姓を得、アルスと同じ魔法が使えるようになった。
魔法	【照明】【飲水】【着火】【洗浄】【土壌改良】【魔力注入】【記憶保存】【整地】【レンガ生成】【硬化レンガ生成】【身体強化】【瞑想】【散弾】【壁建築】【道路敷設】

バイト・バルカ

性別： 男	年齢： 十一歳
プロフィール	アルスの兄〈次男〉。 英雄に憧れているが、喧嘩っ早い。アルスの名付けにより姓を得、アルスと同じ魔法が使えるようになった。
魔法	【照明】【飲水】【着火】【洗浄】【土壌改良】【魔力注入】【記憶保存】【整地】【レンガ生成】【硬化レンガ生成】【身体強化】【瞑想】【散弾】【壁建築】【道路敷設】

カイル

性別： 男	年齢： 七歳
プロフィール	アルスの弟〈四男〉。 真面目な性格。聡明で計算や書類仕事が得意。アルスによる名付けはまだなされておらず、性はない。
魔法	【照明】【飲水】【着火】【洗浄】

*記載事項は一巻時点のキャラクター情報になります。

コミカライズ
予告漫画
異世界の貧乏農家に転生したので、レンガを作って城を建てることにしました
漫画：槙島ギン
原作：カンチェラーラ
キャラクター原案：Riv
体が動かない
〜…ラ
ラ〜…
頭にモヤがかかっているみたいだ…
俺は事故にでもあったのだろうか？
おぎゃあ
おぎゃあ…っ
子供の泣き声？うるさいなぁ…
パタ
パタ
おぎゃあっ
あら あら

サラ…
お腹が空いたのかしら？
!!
ドッキーンッ
この美人は看護師さん？ここは…病…院？
こっ病院ちゃうやんけ!!
あぶばばばーっ
ス
ｽｯ
「照明」
ｽｲ
ﾊﾟｧｧｧ
ばぶあっ!
!!??
ぱぁぁ

俺 異世界に転生しとるー!!
ぐきゅる〜
3年後
貧乏農家 三男アルス
齢《よわい》3才にして貧乏が身にしみる…!!
なんとしても食べるものを作り出さねばならない…!!
ぐきゅう
キリッ
土壌改良
品種改良
金策のためのものづくり

キュイッ!
使役獣
ヴァルキリー
ねぇ
ボクにも魔法を
おしえてよ!
末っ子
カイル
キューブ型
どぉ〜〜ん…
豆腐建築
お前の隠れ家ってすっげえダサイよな
牢屋《ろうや》みたいだぞ
これ
次男
バイト
バッサリ
クソダサ建築。
うぐっ

俺をナメるなよ
バイト兄
俺は日々
成長する男
なんだよ

街に出たときに
泊まった宿屋の
レンガ一つ一つに
魔力を送り込んだ

そのまま
「記憶保存」の
魔法を試して
おいたんだ

覚えた魔力の形を
再現する
後に「現《あら》人《ひと》神《がみ》」と
呼ばれる少年の
建《けん》国《こく》英《えい》雄《ゆう》譚《たん》開幕！

「宿屋再現実験」
成功だ!!
ド!!
COMIC コロナ CORONA TOcomics
にて連載決定!!
お楽しみに!!

よっしゃ出陣するぞ!!
いざ、開戦へ!!
呼ばれる少年の建国英雄譚！

2020年2巻発売決定！

異世界の貧乏農家に転生したので、レンガを作って城を建てることにしました 2

カンチェラーラ

Illustration Riv

異世界の貧乏農家に転生したので、
レンガを作って城を建てることにしました

2020年1月1日　第1刷発行

著　者　カンチェラーラ

発行者　本田武市

発行所　TOブックス
〒150-0045
東京都渋谷区神泉町18-8　松濤ハイツ2F
TEL 03-6452-5766（編集）
0120-933-772（営業フリーダイヤル）
FAX 050-3156-0508
ホームページ　http://www.tobooks.jp
メール　info@tobooks.jp

印刷・製本　中央精版印刷株式会社

本書の内容の一部、または全部を無断で複写・複製することは、法律で認められた場合を除き、著作権の侵害となります。

落丁・乱丁本は小社までお送りください。小社送料負担でお取替えいたします。

定価はカバーに記載されています。

ISBN978-4-86472-893-5
©2020 Cancellara
Printed in Japan